Das Buch

»Einmal Glück und zurück« lautete das Motto des Maxi-Literaturwettbewerbs, das die Phantasie zahlreicher LeserInnen beflügelte und sie zum Verfassen von Kurzgeschichten inspirierte. Was dabei herauskam, ist ziemlich beeindruckend – und nicht weniger abwechslungsreich. Ein kurzer Ausflug ins Glück, den Alltag hinter sich lassen, die Liebe des Lebens finden (und wieder verlieren) oder den treulosen Ehemann samt seiner Geliebten um die Ecke bringen – das sind die Themen, denen sich die AutorInnen auf ernste, liebevolle oder satirische Weise widmen. Von einer prominenten Jury ausgewählt, sammeln sich im vorliegenden Buch die 15 schönsten Erzählungen.

Die Jury

Die Jury des Maxi-Literaturwettbewerbs besteht aus drei jungen, erfolgreichen AutorInnen: Maike Wetzel *(Hochzeiten)*, Feridun Zaimoglu *(Kanak Sprak)* und Juli Zeh *(Adler und Engel)*.

Von Maxi ist in unserem Hause bereits erschienen:
Soll ich an die große Liebe glauben?

Einmal Glück und zurück

Die besten Geschichten
aus dem Maxi-Literaturwettbewerb

Ullstein

Besuchen Sie uns im Internet:
www.ullstein-taschenbuch.de

Umwelthinweis:
Dieses Buch wurde auf chlor- und säurefreiem Papier gedruckt.

Originalausgabe im Ullstein Taschenbuch
1. Auflage Oktober 2005

Umschlaggestaltung: Büro Hamburg
Umschlagabbildung: © Patrik Giardino / CORBIS
Gesetzt aus der Berkeley
Satz: Pinkuin Satz und Datentechnik, Berlin
Druck und Bindung: Ebner & Spiegel, Ulm
Printed in Germany
ISBN-13: 978-3-548-26353-3
ISBN-10: 3-548-26353-4

Inhalt

Vorwort

»Einmal Glück und zurück« – In diesem Thema lag eine große Herausforderung. Nachdem jeder von uns einen Stapel der Einsendungen gelesen hat, können wir sagen: Die Teilnehmerinnen und Teilnehmer des MAXI-Literaturwettbewerbs haben diese Herausforderung angenommen und gemeistert. Sie ließen ihre Heldinnen und Helden im Glück baden, auftrumpfen, loslegen – um dann genüsslich den Spieß umzudrehen. Die Frauen und Männer in den Geschichten mordeten, liebten, rasierten, jagten, alterten und küssten an der Nordsee, in Italien, bei McDonald's, auf der Uni-Toilette, im Zug und an vielen anderen Orten. Wer selbst schreibt, weiß: Ein Text lässt sich schneller beginnen als beenden, die Idee für einen Anfang kommt meist schneller als die für einen guten oder einen pointenreichen Schluss. Die Geschichten beim MAXI-Literaturwettbewerb hatten solche Schlüsse, sie überraschten durch ihre Vielseitigkeit und Phantasie.

Ein Reiz für jeden Literaturfreund liegt außerdem darin zu sehen, wie Menschen zur Feder greifen, um ihre Ideen, Träume und persönlichen Anliegen in Form von Geschichten umzusetzen. Fünfzehn solcher Texte noch unbekannter Autoren versammelt diese Anthologie: Einem so breiten Strom an Schaffenskraft beim Fließen zuzusehen – das ist wahres Glück.

Wir gratulieren den Gewinnern herzlich und wünschen ihnen alles Gute!

Maike Wetzel, Juli Zeh und *Feridun Zaimoglu*

Heike Michaelsen

Wolfi, Suse und ich

Ach wie schön, dass Sie mich besuchen! Ja, machen Sie es sich ruhig bequem. Da können wir ein wenig plaudern. Darf ich Ihnen eine Tasse Kaffee oder Tee anbieten? Nein? Vielleicht ein paar Kekse, die sind gut, die habe ich selbst gebacken! Nein? Na gut, dann vielleicht später, ja? Soll ich Ihnen mal erzählen, was mir passiert ist? Das glauben Sie mir nie!

Also, als ich vor genau zwei Jahren nach einem schweren Arbeitstag nach Hause kam, was glauben Sie, wer da in meinem Ehebett lag? Mein Mann mit meiner Freundin Suse. Ja, da war ich nicht schlecht erstaunt, man könnte fast sagen, erschüttert. Das ist nicht nett von einer Freundin und von dem eigenen Mann schon gar nicht. Tummeln sich in meinen Laken und machen tierische Geräusche dabei, erst dachte ich ja, eine Katze hätte sich in unser Schlafzimmer verirrt, aber nein, meine Suse machte den Lärm. Da haben sie mich natürlich nicht gehört. Ich aber sie, und gesehen habe ich auch. Nichts Schönes. Zum Nachdenken bin ich erst einmal in die Küche gegangen und habe mir was Hochprozentiges genehmigt. Was tun? Ja, natürlich, die Waffe meines Wolfi, dass ich daran nicht gleich gedacht habe. Endlich ist sie mal zu was nütze. Gedacht, getan. Ich musste noch die Schreibtischschublade aufbrechen. Mein ordentlicher Mann hatte sie abgeschlossen. Jetzt wusste ich auch warum, nicht wegen der Waffe etwa, sondern wegen der Briefe. Rosa duftend – und das von Suse, das hätte ich ihr nie zugetraut, so einen schlechten Geschmack. Sehr schlecht gelaunt bin ich dann mit der Pistole wieder hinauf zu den Balgenden – und habe abgedrückt. Peng, peng, peng, peng. Genau viermal, zur Sicherheit. Vor dem Ableben haben die beiden noch einmal ganz schön blöd geguckt. Ja, da staunen Sie, das hätten Sie mir nicht zugetraut, was?

Ich mir auch nicht. Glauben Sie nicht, dass mir das leicht gefallen ist, ich habe sogar noch kurz überlegt, ob ich ihnen Zeit für eine Rechtfertigung geben soll, aber was wäre dabei schon herausgekommen, außer Lügen und Demütigungen?

Also doch kurz und schmerzlos, hab ich mir gedacht. Ich glaube nicht, dass sie gelitten haben. Jedenfalls haben sie nicht geschrien oder laut gestöhnt. Wolfi hat nur kurz pffhhh gemacht, die Augen verdreht, und das war's. Suse hat sich dramatisch ans Herz gefasst und ein bisschen gegurgelt, als das ganze Blut rauskam. Typisch, ohne Theater geht's bei Suse nicht. Ich hatte echt gut getroffen – das kommt wahrscheinlich daher, dass ich im Dartclub bin. Es war wie im Film, bloß kann man nicht zurückspulen, na ja. Aber nun habe ich dagestanden mit der Sauerei. Alles dreckig, ein richtiges Blutbad, und vor allem: wohin mit den beiden? Hierzulande wird man ja ins Gefängnis gesteckt, wenn man sich seiner Haut wehrt. Und darauf habe ich wirklich keine Lust gehabt. Gar keine. Ich bin nicht gefühllos, beileibe nicht, ich kann nicht verhehlen, dass mir Tränen in die Augen traten bei dem Gedanken an all die gemeinsam verbrachten Jahre, was wir nicht alles erlebt haben zusammen, der Wolfi, die Suse und ich. Aber was sein muss, muss sein, da hilft auch kein Selbstmitleid. Da muss man die Ärmel hochkrempeln und handeln. Zwei Möglichkeiten habe ich gehabt: die Betrüger im Schutze der Dunkelheit fortschaffen oder aber verschwinden – doch wohin? Und woher das Geld nehmen, das man zum Untertauchen braucht?

Ich habe auch gar nicht wirklich untertauchen wollen, ich habe in meinem Haus bleiben wollen mit dem schönen Garten, und meinen Beruf habe ich auch nicht aufgeben wollen, schließlich macht mir meine Arbeit als Finanzbeamtin Spaß. Sollen die doch gehen! Ich habe erst mal die Beine hochgelegt und meine Entspannungskassette gehört, um ein wenig zur Ruhe zu kommen.

Nachdem es dunkel geworden war, habe ich die beiden Verräter angezogen – das war nicht schön, sag ich Ihnen, tote Nacktheit, tote Geilheit – verzeihen Sie, ich vergesse mich – und dann habe ich sie in das Auto meines Wolfi gehievt, fragen Sie mich bitte nicht, wie ich das geschafft habe, ich weiß es nicht mehr, denn ich bin eigentlich eine sehr zierliche und zarte Person, und dann bin ich einfach losgefahren. Gesehen hat mich niemand, wir wohnten ziemlich abgelegen.

Hin und her habe ich überlegt. Soll ich sie im Fluss versenken? Oder besser verbrennen? Dann hatte ich es, sieht man doch immer in Filmen, das Auto mit Benzin tränken und dann einen Abgrund hinunterstürzen, so sind alle Spuren verwischt. Und zu meiner großen Erleichterung fiel mir sogar ein in der Nähe gelegener

Steinbruch ein. Wie geschaffen für mein Vorhaben. Da bin ich dann auch gleich hingefahren. Die Pistole habe ich sorgfältig abgeputzt und meiner feinen Freundin in die Hand gedrückt. Und dann Benzin ins Auto – Reservekanister hat Wolfi Gott sei Dank immer dabei –, Stein aufs Gaspedal, Handbremse los, und ab ging die Fahrt. Es hat ordentlich gerumst und alles ist schön verbrannt. Eine richtig schöne Feuerbestattung. Dann musste ich aber schnell weg vom Ort des Geschehens, denn ich schätze, die Explosion hat man kilometerweit hören können. Ich habe ganz schön geflucht auf dem Heimweg. Zehn Kilometer zu Fuß, und geregnet hat es auch noch, per Anhalter habe ich nicht fahren wollen, und mit dem Bus auch nicht. Also bin ich im frühen Morgengrauen vollkommen erschöpft zu Hause angekommen. Ich habe aber noch schnell die Betten abgezogen und geputzt, wer will schon in so einem Dreck schlafen? Viel Zeit zum Ausruhen habe ich nicht gehabt, denn um 9 Uhr musste ich wieder auf dem Amt sein. Krankmelden wollte ich mich nicht, das weiß doch jeder Amateur, dass ich mich so verdächtig gemacht hätte. Also bin ich wie immer zur Arbeit, habe wie immer ein kleines Frühstückspläuschchen mit Frau Schneider gehalten und den Tag gar nicht mal so schlecht überstanden. Ich bin dann nach Hause und habe meine Schwiegermutter angerufen, ob sie wüsste, wo Wolfi ist. Hat sie natürlich nicht gewusst, wie auch? Ich mache mir solche Sorgen, habe ich gesagt, schon gestern ist er nicht nach Hause gekommen. Meine Stimme hat gezittert vor Sorge. Da hat sie mich beruhigt, Männer sind halt so, sie müssen ab und zu mal raus, bestimmt kommt er gleich. Du bist halt manchmal ein bisschen dominant, das habe ich dir doch schon oft gesagt, da musst du dich nicht wundern, wenn er sich seinen Freiraum nimmt. Da war er wieder, ihr vorwurfsvoller Ton. Wie ich den hasse. Ausgerechnet die muss von Dominanz reden – na ja, das ist ein anderes Thema. Wenn du wüsstest, habe ich gedacht, dass dein feiner Sohnemann in die ewigen Jagdgründe eingegangen ist mitsamt seiner Schlampensuse. Gesagt habe ich, du hast ja Recht, noch ein wenig geschnieft und dann habe ich ihr einen schönen Abend gewünscht und sie gebeten, mir gleich Bescheid zu sagen, wenn sie was hört.

Dann habe ich mich hingesetzt bei einer schönen Tasse Tee, die Briefe von Suse – widerlicher Kitsch – gelesen und nachgedacht, was weiter zu tun ist. Die beiden haben es wirklich verdient, Sie, das ging schon zwei Jahre, können Sie sich das vorstellen? Sollte ich jetzt etwa für diesen Akt der Gerechtigkeit – denn nichts anderes war es doch –, sollte ich etwa dafür hinter Gitter? Nein! Wolfi und Suse, die hätten eingesperrt werden müssen, aber ging ja nun nicht mehr, waren ja schon tot. Ich hab mich also konzentriert: Jetzt ganz genau überlegen, hab ich gedacht, nur keinen Fehler machen, schließlich hängt meine Zukunft davon ab.

Also, hab ich mir gesagt, ich warte bis morgen, dann rufe ich die Polizei an und gebe eine Vermisstenanzeige auf, wahrscheinlich haben sie die beiden schon längst gefunden, es wird dann alles ziemlich schnell gehen und ich muss wissen, welche Geschichte ich denen auftische, habe ich mir gedacht. Ich sage erst mal dasselbe, was ich meiner Schwiegermutter gesagt habe, und dass ich abgewartet habe, weil sie mich beruhigt hat und ich ein schlechtes Gewissen gehabt habe von wegen der Dominanz und so und weil ich ja auch keine hysterische Kuh habe sein wollen. Obwohl ich natürlich die ganze Nacht kein Auge zugetan hätte vor Sorge und Angst. Jawohl, das ist gut. Ach ja, und natürlich habe ich gedacht, sie weiß vielleicht, wo er ist, und sagt es mir nur nicht, aus Mamaloyalität. Vorher rufe ich sie noch mal an und breche vielleicht in Tränen aus, das kann ich, wenn es sein muss.

Wenn die Polizei mit der grausamen Wahrheit kommt, werde ich entweder versteinern oder zusammenbrechen. Oder beides. Vielleicht erst zusammenbrechen und dann versteinern – nein, besser umgekehrt. Erst tapfer sein, starr, der Schock, Sie verstehen, und dann in die Arme eines starken Kriminalpolizisten sinken. Vielleicht sollte ich noch schreien und ein bisschen um mich schlagen, ein Weinkrampf macht sich bestimmt gut, aber bloß nicht übertreiben, das ist auch wieder verdächtig. Von einem Verhältnis meines Mannes mit meiner besten Freundin habe ich nichts gewusst, Wolfi war über jeden Verdacht erhaben, vielleicht war alles ein Unglück und die Interpretation ein schreckliches Missverständnis: Die beiden haben eine Überraschungsparty für mich geplant, ich habe nämlich nächste Woche Geburtstag, werde ich flüstern, meine Freundin Suse und mein Mann Wolfi eine Affäre, niemals! So habe ich mir alles schön zurechtgelegt. Falls von den beiden und der Pistole noch mehr als ein Häufchen Asche übrig sein sollte, sodass man die Gräueltat nachvollziehen kann, bin ich eben auch restlos ratlos. Vielleicht doch eine Affäre und Doppelselbstmord oder Mord aus Eifersucht oder ein Raubüberfall mit dilettantischer Spurenverwischung, Herrgott, das übersteigt meine Vorstellungskraft, das versetzt mich endgültig in einen psychischen Ausnahmezustand, mein Lebensgebäude stürzt zusammen wie ein Kartenhaus, vielleicht muss ich sogar in die Psychiatrie. Ich kann mich nicht einmal mehr selbst krankmelden, das muss die Polizeipsychologin machen, so außer mir bin ich. Gerade mal die Nummer meines Arbeitgebers kann ich noch stoßartig hervorbringen, dann gibt man mir schon ein starkes Beruhigungsmittel. Ich bin das bedauernswerte Opfer eines schrecklichen Schicksalsschlages.

Von diesen diffizilen Planungen erschöpft, bin ich ins Bett gegangen und habe geschlafen wie ein Stein. Kein Wunder nach den Anstrengungen des Tages. Und, Sie werden es nicht glauben, alles ist so gekommen, wie ich es vorhergesehen habe. Sogar das mit der Psychiatrie. Das Auto samt Inhalt war Gott sei Dank so verkohlt, dass alle wesentlichen Spuren im wahrsten Sinne des Wortes in Rauch aufgegangen waren. Lediglich, dass ich die Pistole im Auto gelassen habe, hat mich im Nachhinein ein wenig geärgert, die ist leider nicht verkohlt, und das hat doch noch etwas für Wirbel gesorgt. Aber ich habe mich wie gesagt ahnungslos und entsetzt gegeben angesichts solcher gewalttätigen Begleitumstände dieses sowieso schon schrecklichen Geschehens und des tragischen Verlusts zweier geliebter Menschen.

So haben die tüchtigen Kriminalbeamten den Fall bis heute nicht aufklären können, das heißt, sie denken schon, dass sie ihn aufgeklärt haben, jedenfalls haben sie tatsächlich einen Mörder dingfest gemacht, aber eben nicht den Richtigen – Verzeihung: die Richtige.

Das hat mir dann schon Leid getan, dass der Mann meiner Freundin Suse dran glauben musste, er hat sich aber auch blöd angestellt, offensichtlich hat er schon länger von dem Techtelmechtel der beiden gewusst und sich fürchterlich aufgeführt und getobt, und da haben die von der Polizei ihn ziemlich in die Mangel genommen. Natürlich hat er nicht gestanden, was auch, aber er hat sich derart in Widersprüche verstrickt, ich krieg's jetzt nicht mehr genau zusammen, aber es war wirklich sehr verdächtig, und dann ist er aufgrund irgendwelcher Indizien wegen Mord im Affekt zu ein paar Jahren verurteilt worden. Ich besuche ihn regelmäßig, weil ich doch ein schlechtes Gewissen habe, aber soll ich mich deswegen ruinieren? Nein! Er stand mir ohnehin nie nahe, hat sich immer aus allem rausgehalten, war nie beim Grillen dabei. Hätt er mal machen sollen, und vor allen Dingen mich einweihen, das wäre ja wohl das Mindeste gewesen, mich nicht so auflaufen zu lassen, im Grunde ist er doch selbst schuld, dass Wolfi und Suse tot sind. Also, irgendwie hat er die Strafe verdient, stimmt doch, oder? Was meinen Sie? Meine Schwiegermutter? Ja, die hat es hart getroffen. Schlaganfall. Sie lebt jetzt in einem Pflegeheim. Wäre sie nur nicht immer so ungerecht zu mir gewesen. Na ja, kriegt sie eben keinen Besuch. Jedenfalls nicht von mir. Das Geheule um Wolfi wäre mir ohnehin unerträglich. Welche Illusionen sich Mütter doch machen, wenn es um ihre Söhne geht. Aber ich schweife ab.

Ja, ich lebe jetzt sehr zufrieden und kann mir sogar das eine oder andere leisten, was vorher nicht drin war, denn ich habe eine kleine Erbschaft gemacht, die es mir erlaubt, sorgenfrei zu leben. Vom Amt habe ich mich beurlauben lassen. Ich kann aber jederzeit wieder einsteigen. Will ich auch. Man braucht mich. Na ja, abwarten und Tee trinken, wie man so sagt – apropos, ein kleines Tässchen? Seien Sie doch nicht so bescheiden, das bringt nichts, meine Liebe. Sehen Sie mich an, ich habe es geschafft, und nicht weil ich bescheiden in einer Ecke darauf gewartet habe, dass das Leben mir etwas schenkt, nein, ich habe mir geholt, was mir zusteht. Und ich kann sagen, ich genieße die Annehmlichkeiten meines neuen Lebens. Ich bin in ein schöneres, größeres Haus gezogen, ich habe eine Reinemachefrau, ich reise viel, letztes Jahr war ich in Moskau – ach, die russische Seele ist der meinen so verwandt – und diesen Sommer möchte ich China erkunden. Vielleicht mit meiner Bekannten. Zu zweit ist doch alles viel schöner. Habe ich Ihnen schon von meiner Bekannten erzählt? Sie ist ganz reizend, wir verstehen uns blendend, eine Frau mit Stil, wie ich. Jeden Donnerstag treffen wir uns zum Poker. Aber sagen Sie das jetzt nicht weiter, Glücksspiele sind ja in diesem Staat verboten. Und – jetzt kommt das Beste – ich habe einen sehr attraktiven und – ganz im Vertrauen – feurigen Herrn kennen gelernt, der mir nicht nur meine Tage versüßt. Ja, was soll ich sagen, mir ging es nie besser. Man muss eben manchmal Glück haben im Leben!

Bloß, was soll ich jetzt mit Ihnen machen? Was schauen Sie mich so an? Na ja, Sie wissen zu viel, verstehen Sie mich nicht falsch, ich finde Sie wirklich sympathisch und ich habe mich toll mit Ihnen unterhalten, aber ich muss auch an mich denken. Das können Sie doch nachvollziehen? Bitte? Ich glaube, ich hör nicht recht, **Sie** haben schließlich mich besucht, richtig? **Sie** wollten sich doch mit mir unterhalten, oder? Na also, dann erzählen Sie mir jetzt nichts. Sie wollten doch meine Geschichte hören, oder haben Sie mich vielleicht unterbrochen? Nein, Sie wollten schön alles hören, was? Hat Ihnen gefallen, stimmt's? Na ja, Sie haben Ihren Spaß gehabt, und jetzt ist es eben zu spät – ich kann kein Risiko eingehen. Was heißt das, **ich** soll mit **Ihnen** mitkommen, zurück in mein Zimmer. Sind Sie verrückt geworden? Das ist immer noch mein Haus, verstehen Sie? Ich kann hier machen, was ich will und mit wem ich will. So, und jetzt wollen wir nicht mehr streiten – es muss ja nicht gleich sein.

Sehen Sie, da lächeln Sie schon wieder, so ist's recht. Ach ja, ich genieße den Frieden hier, die Ruhe und Sorglosigkeit – obwohl in letzter Zeit – hören Sie mir eigentlich noch zu? Gut. Möchten Sie nicht vielleicht doch eine Tasse Tee, jetzt, wo wir uns einig sind? Nein? Na gut, wie Sie wollen – wo war ich, mein neues Glück, ich bin glücklich, ich bin zufrieden – sehen Sie die Wandelröschen, da vorne das Beet vor dem Fenster, die habe ich gesetzt – schön, nicht wahr? Fast täglich kommen neue Blüten in immer anderen Farben. Ein Symbol des Lebens selbst, finden Sie nicht auch? Ach, ich bin ja so froh, dass ich in dieses Haus gezogen bin, obwohl … ja, in letzter Zeit geschehen seltsame Dinge hier.

Ich komme zum Beispiel vom Einkaufen, da hockt sie in einer Zimmerecke und starrt mich an. Mit glühenden Augen, hypnotisch.

Sie ist ein kraftvolles, prächtiges Geschöpf – wenn man nicht näher mit ihr bekannt ist.

Mir geht sie aber mächtig auf die Nerven, was sage ich, sie zermürbt mich, macht mich förmlich krank, sie gönnt mir wahrscheinlich mein Glück nicht, kann es nicht mit ansehen, dass ich zufrieden bin. Sie wohnt schon eine ganze Weile bei mir – also, das bleibt jetzt aber unter uns – und behauptet, sie gehöre zu mir. Also, ich wüsste nicht, dass wir verwandt oder befreundet sind. Ich hab sie jedenfalls ganz bestimmt nicht gebeten, bei mir einzuziehen. Sie hat sich einfach hier breit gemacht, ich muss wohl mal nicht aufgepasst haben, und da ist sie in einem unbemerkten Augenblick hereingeschlüpft und belästigt mich seither. Ich weiß nie genau, wann sie auftaucht, sie liebt Überraschungen, inszeniert sie geradezu. Und dann, wenn sie genug Chaos angerichtet hat, verschwindet sie wieder für eine Weile, und dann denke ich schon, Gott sei Dank, jetzt hat sie sich dünnegemacht, dabei hält Madame nur ihren Schönheitsschlaf – aber fragen Sie mich bloß nicht, wo –, immer wenn ich sie suchen und dingfest machen will, ist sie wie vom Erdboden verschluckt – na ja, und dann kommt sie gestärkt zurück zu mir und malträtiert mich von neuem. Ich hab schon versucht, sie rauszuschmeißen – Fehlanzeige! Zwei- oder dreimal habe ich sie zu fassen gekriegt, hab sie an ihren langen Haaren zur Tür geschleift, sie über die Schwelle gezerrt und die Tür blitzschnell hinter ihr ins Schloss geworfen. Tief hab ich durchgeatmet – geschafft, welch eine Erleichterung. Aber denkste, das Biest war zwei Tage später wieder da. Ist zu mir heimgekehrt, hat mir frech ins Gesicht gelacht und mir den ganzen Abend versaut – Verzeihung, aber wenn ich an sie denke, kriege ich eine Riesenwut. Wenn sie wenigstens immer im Haus bleiben würde, man sie einsperren könnte, aber genauso wie rein, findet sie auch immer einen Weg raus – wenn sie nicht soll. Immer wenn ich denke, so, jetzt bin ich ihr entwischt, keine Chance, da klebt sie mir schon wieder an den Fersen.

Nehmen wir mal an, ich bin irgendwo eingeladen, sagen wir auf einer Hochzeit. Da will ich mich ja amüsieren, erst gerührt sein und mich dann amüsieren. Abschalten, ausgelassen sein, Sie wissen schon. Was passiert? Mitten im schönsten Feiern kommt sie hereinspaziert und schaut mich triumphierend an – und im Schlepptau hat sie auch noch ihren Bruder, ein ganz widerlicher Kerl, guckt immer so freundlich und dann schlägt er plötzlich zu, den kann ich auf den Tod nicht ausstehen. Das nützt mir aber nichts, denn der wohnt mittlerweile auch bei mir. Hat sich mit Hilfe seiner sauberen Schwester bei mir eingenistet, der Parasit. Toll, die zwei amüsieren sich auf meine Kosten und bezahlen keinen Cent Miete.

Na ja, das Fest, das können Sie sich ja denken, ist dann natürlich gelaufen. Das macht wirklich keinen Spaß, ständig von zwei Verrückten verfolgt zu werden. Ich habe schon überlegt, die Polizei einzuschalten, aber wer glaubt mir schon? Sobald jemand Drittes kommt, machen sich die beiden nämlich unsichtbar, peng, einfach so. Da stehe ich doch da wie ein Idiot! Außerdem habe ich seit damals nicht so gerne mit der Polizei zu tun.

Ich hab auch geredet mit ihr – und mit ihm, mit beiden. Aber sie grinsen immer nur dumm und sagen, ich hätte sie schließlich gerufen. Das ist ja wohl die Höhe! Ich und sie gerufen, das wüsste ich aber! Nachts, wenn ich im Bett liege, wache ich manchmal davon auf, dass einer von ihnen oder alle beide sich im Dunkeln an mich heranschleichen und zu mir ins Bett kriechen – ich krieg dann immer fast einen Herzinfarkt, aber das finden sie wohl lustig, mich zu Tode zu erschrecken. An Schlaf ist da natürlich nicht mehr zu denken. Denn jetzt heißt es Showtime: Sie umarmen, sie fesseln mich – bis ich mich nicht mehr rühren kann. Stellen Sie sich das mal vor! Dann umhüllt mich die Angst wie ein schwerer, pechschwarzer Mantel. Wie sie das schafft, möchte ich mal wissen. Also, ich liege da in diesem schweren, pechschwarzen Mantel aus Angst. Stocksteif. Und dann kommt der Schmerz und kriecht in mich hinein und wühlt in mir – Sie, das ist Vergewaltigung, aber wie gesagt, wer glaubt mir schon? Dieser schreckliche Kerl bringt es immer so weit, dass mir die Tränen aus den Augen stürzen und ich außer Kontrolle gerate. Und dann flüstert er, raunt er mir mit seiner weinerlichen Stimme ins Ohr, ich bin ein Teil von dir, verleugne mich nicht. Ja, was sagen Sie dazu? Das ist doch ein Wildfremder für mich, alle beide, und dringen derart unverfroren in meine Intimsphäre ein, das ist Psychoterror in Reinform. Vielleicht verreise ich früher als geplant, und vielleicht für längere Zeit, China ist ein großes Land – oder ich ziehe noch einmal um. Wer weiß, vielleicht verlieren sie ja dann das Interesse an mir.

Sehen Sie, da hockt sie schon wieder vor mir und starrt mich an. – Ja, sehen Sie die denn nicht? Und er auch – ich hab ihn vorhin gar nicht gesehen –, er steht hinter ihr – beide starren. Wie die Geisteskranken. Und jetzt kommen sie langsam auf mich zu. Sie glauben mir nicht? Wer ist eigentlich dieser Mann? Und woher hat er die Spritze? Treiben sich etwa Drogenabhängige in meinem Haus herum? Fassen Sie mich nicht an. Wenn Sie mich anfassen, dann schreie ich. Ich gehe nicht auf mein Zimmer, was bilden Sie sich ein, mich auf mein Zimmer zu schicken, Sie sind doch nicht meine Mutter. Wo ist übrigens meine Mutter, sie wollte doch heute zum Tee kommen? Wissen Sie, wo meine Mutter ist? Natürlich nicht, Sie kennen sie ja gar nicht. Wer sind Sie überhaupt? Wir kennen uns doch von irgendwoher, geben Sie es zu, Sie sind hinter mir her, Sie und Ihr sauberer Komplize. Ich – ich habe Kopfschmerzen, höllische Kopfschmerzen, es tut so weh, das ist Ihre Schuld, dass mir mein Kopf so wehtut. Was sagen Sie da? Hören Sie endlich auf damit! Nein, ich gehe nicht zurück, ich will nicht, hören Sie mich? Ich will nicht zurück, ich will nicht!!

Heike Michaelsen war Flugbegleiterin bei der Lufthansa, bevor sie Germanistik, Philosophie und Sozialpsychologie studierte. Heute arbeitet die Fuldaerin als freiberufliche Kommunikationstrainerin. Ihre Hobbys sind Theaterspielen und Schreiben von Kurzgeschichten und Gedichten.

Lena Hach *Die Glücksbringerin*

Kurz bevor die Tür des Haupteingangs hinter mir zufällt, höre ich noch, wie mein Rad scheppernd zu Boden kracht. Ich drehe mich um und überlege kurz, ob ich es wieder richtig hinstellen soll. Aber »richtig« steht es da sowieso nicht: Die offiziellen Fahrradständer sind auf der anderen Seite des Uni-Gebäudes. Trotzdem sammeln sich hier jeden Tag die meisten Räder an, wenn es so nass ist wie heute, mit über den Sattel gespannten Plastiktüten. Auf die habe ich heute verzichtet; in einer Viertelstunde beginnen die Prüfungen und vorher muss ich unbedingt zu den Toiletten.

Vor dem Paternoster wartet niemand und ich kann gleich einsteigen. Wieder einmal frage ich mich, woher der klerikale Name für diesen Retro-Aufzug kommt, bei dessen Anblick alle Medienwissenschaftler sofort zu einem Musikclip inspiriert werden. Auf dem kleinen Blechschild an der Wand steht, dass man auch zu zweit in die engen Kabinen darf. Aber kaum einer steigt zu jemand Fremdem dazu. Wohl um dem Synchron-an-die-Decke-Starren zu entgehen. Es erinnert mich an das Im-Wartezimmer-wird-nur-geflüstert-Phänomen. Aus meiner Hosentasche krame ich einen

Zettel hervor und vergewissere mich, wo ich hin will: 3. Stock, Quergebäude 2.

Ich steige aus, blicke um die Ecke und sehe schon die ersten Prüflinge. Prüflinge erkennt man immer sofort: nervöses Getratsche über Vorabendserien (zur Ablenkung), unterbrochen von eindringlichen, auf den Prüfungsstoff bezogenen Fragen (zur endgültigen Verwirrung). Außerdem gibt es immer einen, der abseits der anderen irgendwelche Formeln, Regeln oder Zitate wie ein Mantra vor sich hin murmelt.

Heute lehnen die meisten Prüflinge an der Wand, nur wenige sitzen auf den Edelstahlbänken. Die Bänke sehen stylisch aus, sind zu hoch geraten und geben einem das Gefühl, ein Erstklässler zu sein, dessen Füße viel zu weit über dem sicheren Boden schweben. Wäre ich heute dran, würde ich auch die Wand vorziehen.

Fast alle Prüflinge sind Frauen. Germanistik eben. Das kommt mir ganz gelegen, so kann ich den Besuch auf der Herrentoilette guten Gewissens ausfallen lassen. Ich habe einmal einen meiner Professoren am Pissoir erwischt, der mir seitdem immer verschwörerisch zuzwinkert, wenn wir uns im Gang begegnen. Das muss ich nicht noch mal haben.

Als ich an den Studenten vorbeischlendere, versuche ich das aufmunternde Nicken, das ich heute Morgen vor dem Spiegel geübt habe. Sie starren weiter in ihre Aufzeichnungen, wissen nichts mit mir anzufangen. Aber das macht nichts, das bin ich genauso gewohnt wie Peter Parker alias Spiderman.

Alle vier Kabinen der Damentoilette sind frei. Aus meiner Jackentasche hole ich die Rolle mit den 1-Cent-Stücken, frisch von der Bank, und friemel mit geübten

Fingern das Papier ab. Vor jede Kloschüssel lege ich eines der Cent-Stücke. Dabei achte ich darauf, dass die Münzen in jeder Kabine an einer etwas anderen Stelle liegen, mal auf den vorderen Fliesen, mal weiter hinten. Falls einer der nervösen Prüflinge ein Klo nicht sauber genug findet und in eine zweite Kabine schaut und so vielleicht beide Geldstücke entdeckt, soll er sie wenigstens nicht an der gleichen Stelle liegen sehen. Glück gibt es nicht geordnet, so was zählt nicht. Alles muss zufällig aussehen.

Als ich die Tür höre, gehe ich schnell zum Waschbecken und zupfe ein bisschen an meiner Frisur herum. Durch den Spiegel beobachte ich, wer reinkommt. Es ist eine Blonde mit sehr rotem Pulli. Sie gehört ganz sicher zu den Prüflingen, ich habe sie draußen sitzen sehen. Das klappt ja wie am Schnürchen! Ich freue mich und das altbekannte Ameisengefühl ist wieder da: Aufregung krabbelt wie kleine Tierchen unter meinem T-Shirt meinen Rücken hoch, über meine Schultern und färbt schließlich meine Wangen. Ich muss mich schütteln und strahle mein Spiegelbild an. Es trifft schon mal eine Richtige!

Die Studentin geht in eine der hinteren Kabinen. Die meisten Leute lassen das erste Klo aus. Meinen die wirklich, die hinten sind sauberer? Tatsache ist: In den vorderen muss ich viel seltener Münzen nachlegen, woraus ich schließe, dass die am wenigsten genutzt werden und daher noch am ehesten keimfrei sind. Ich spitze die Ohren, kann aber nicht hören, ob die Blonde ihren Glückscent vom Boden aufklaubt. Zuerst überlege ich, ob ich noch etwas Zeit schinden soll, um dann, wenn sie gegangen ist, gleich wieder eine neue Münze hinzulegen, entschließe mich aber doch dagegen.

Es ist zu auffällig. Ich komme einfach in einer halben Stunde wieder und sorge für Nachschub. In der Zwischenzeit schau ich am schwarzen Brett nach, ob neue Prüfungstermine feststehen, damit ich meine Arbeitszeiten abstimmen kann.

Abends bin ich mit Sandra verabredet. Da ich über dem besten China-Imbiss der Stadt wohne, bin ich bei meinen Freunden immer für die Nahrungsversorgung zuständig. In der fettigen Luft des Imbiss ordere ich einmal die Nummer 18 (für Sandra) und einmal die Nummer 4 ohne Hähnchenfleisch (für mich). Ohne dass ich sie zu bestellen brauche, legt die lächelnde Verkäuferin zwei verheißungsvoll golden eingepackte Glückskekse in die Tüte.

Sandra duscht noch. Sie hat nur auf den Türöffner gedrückt und ist sofort wieder im Bad verschwunden, »Du weißt ja, wo alles ist« rufend. Die Küche ist so sauber wie immer, alles blitzt und blinkt mir zu, macht mir ein schlechtes Gewissen. Aus den Augenwinkeln glaube ich zu sehen, wie Meister Propper gerade noch schnell die Wandschranktür hinter sich zuzieht. Wäre ich ein neidischer Mensch, wäre ich neidisch auf Sandras angeborenen Sinn für Ordnung. Aber Neid gehört nicht zu meinen schlechten Eigenschaften.

Ich stelle die Plastiktüte mit unserem China-Fastfood auf die Herdplatte, hole die Glückskekse raus und reiße die glitzernde Folie auf. Dann begutachte ich die zwei Kekse. Die eine Verpackung ist so ordentlich gefaltet, dass kaum ein Spalt zu erkennen ist. Die andere aber hat eine breitere Öffnung, man kann den gelblichen Zettel darin sehen. Mit einer Fonduegabel und meiner speziell entwickelten Technik schaffe ich es, die eine Ecke des Zettels rauszuschieben. Kurz darauf liegt er in meiner Hand. Ich lese den darauf gedruckten Spruch. *Du solltest nicht blind vertrauen.* Dachte ich es mir doch, wieder nichts wirklich Erbauliches. So was kann Sandra nicht gebrauchen. Jetzt erst recht nicht, wo sie endlich wieder mal auf einer Wolke weit über dem Meeresspiegel schwebt und ihr Glück kaum fassen kann. Ich stecke den Zettel mit der pessimistischen Botschaft ein. Warum heißen die eigentlich Glückskekse?

Aus dem Extrafach meines Geldbeutels, da wo andere Leute Passfotos von Freund, Freundin und Dackel aufbewahren würden, hole ich ein paar kleine rechteckige gelbe Zettel hervor: das Ergebnis meiner viermonatigen Sammlerzeit. Ich gehe die Sprüche und Weisheiten durch. Es ist schwer, sich für einen Aufdruck zu entscheiden, da ich sowieso nur die guten Zettel aufhebe. Schließlich nehme ich »*Genieße. Du hast es dir verdient*« und schiebe ihn in den Keks. Dann lege ich den Keks auf die Styroporschachtel, auf die mit Edding eine fette 18 geschrieben ist.

»Wo genau habt ihr noch mal Urlaub gemacht?« Höflich stelle ich Sandra die Fragen, die sie hören will. Dabei konzentriere ich mich mehr auf den Reis vor mir, beziehungsweise das Huhn darin, dem ich auszuweichen versuche. Ich muss wohl zu undeutlich bestellt haben. Welche die richtigen Fragen sind, weiß ich so genau, weil Sandra mir jetzt schon zum dritten Mal sehr ausführlich von dem ersten gemeinsamen Urlaub mit ihrem neuem Freund erzählt. Die Erlebnisse mit ihm werden bei jedem Erzählen ein Hauch spektakulärer. Aber irgendwie fühle ich mich trotzdem geehrt. »Du kannst so toll zuhören.« Den Satz höre ich oft, nicht nur von Sandra. Supermarktkassiererinnen, der Mann vom Schlüsseldienst und auch Uni-Dozenten haben bestätigt, dass Zuhörenkönnen defintiv zu meinen guten Eigenschaften zählt.

Meine schlechten Eigenschaften habe ich mir weitestgehend abtrainiert, was nicht ganz einfach war. Nichtverlierenkönnen, zum Beispiel. Das habe ich über die Feiertage mit meinen zwei Neffen geübt. Elf Partien Memory, viermal Schiffeversenken, eineinhalb Durchgänge Monopoly und unglaublich viele Runden Maumau habe ich gespielt und mich nur bei zwei Niederlagen geärgert. Na gut, vielleicht waren es auch drei. Aufgefallen ist das Ärgern natürlich wieder mal keinem, das hat bei mir noch nie einer gemerkt. Runterschlucken kann ich nämlich auch ganz gut. Bis auf das Huhn da im Reis vor mir. Ich gebe auf und lege die Essstäbchen auf den Tisch. Ich dachte, die Frau vom Imbiss kennt mich und meine Abneigungen allmählich. Dann liest Sandra mir triumphierend ihre Glückskeksinnerei vor. »Tja, sieht so aus, als läuft bei mir alles perfekt«, seufzt sie strahlend und macht sich über meinen Reis her.

Einmal Dirty-Dancing-Gucken, das heißt gut neunzig Minuten, später sitze ich zu Hause an meinem Schreibtisch. Vor mir der Fernsehturm, eine Tasse Tee und das Stadtmagazin. Eigentlich will ich die CD-Kritiken lesen, bleibe aber bei den Kontaktanzeigen hängen. *Langjähriger Junggeselle sucht Dame, gerne blond, für was immer geschehen mag,* und *Junggebliebener sportlicher Er sucht Tanzpartnerin, Größe egal.* Wie viele Rubriken es da gibt! Er sucht Sie und Sie sucht Ihn, natürlich auch Sie sucht Sie und Er sucht Ihn. Dass mir die vorher nie aufgefallen sind! Es gibt sogar eine Anzeige des Monats!

Ich brauche eine Weile, bis mir klar wird, was die meisten der Anzeigen gemeinsam haben, was mich an ihnen so fesselt: Es ist die Einsamkeit und der vergebliche Versuch, sie krampfhaft hinter locker-flockigen Formulierungen zu verstecken. Und es gibt so viele davon! So viele Anzeigen, so viele einsame, unglückliche Herzen in der Stadt. »Arme Würste«, fällt mir ein. So hat Sandra die Inserenten mal genannt, damals hatte ich gar nicht weiter darauf geachtet. Ich lese noch ein paar Anzeigen mehr, überwältigt von dem Verlangen nach Liebe, gepresst auf ein paar Quadratzentimenter Papier. Arme Würste. Muss das sein? Ich beschließe, Brieffreundin zu werden.

Kurz darauf habe ich drei Anzeigen armer Würste mit Kuli eingekreist. Die Entscheidung fiel mir nicht leicht, sie alle wirken so bedürftig. Aber fürs Erste werden diese hier glücklich gemacht: Ein sportlicher Widder, ein romantischer Skorpion und ein Maschinenbaustudent (1,87 m), der kein Astronomiefan zu sein scheint. Nachdem ich mir Tee nachgeschenkt habe, sitze ich vor einem weißen Bogen Papier, male Spiralen und überlege, was der passende Briefanfang für einen sportlichen Widder ist. Doch kaum habe ich die Anrede hinter mich gebracht, (ein einfaches »Hallo« plus Name erscheint mir am Diplomatischsten), geht das Schreiben überraschend leicht. Mein Text ist in allen drei Briefen fast der gleiche, abgesehen von meinen Hobbys, die ich leicht an die Vorlieben der Männer angepasst habe. (Meine gute Eigenschaft, Ehrlichkeit, muss somit für ein größeres Ziel weichen: das Streicheln von Männerseelen.)

Als ich die Chiffre-Nummern auf die Umschläge schreibe, bemühe mich um eine schön geschwungene Schrift. Wenn man schon wenig Post bekommt, soll die wenigstens perfekt sein. Außerdem habe ich für den Touch Weiblichkeit, nachdem sich meine Kandidaten sicher sehnen, eine lilafarbene Patrone in meinen Füller gesteckt. Die Vorstellung, wie die drei sich über die Briefe freuen werden, treibt mit eine Horde Ameisen über den Rücken. Ich kann vor Aufregung kaum schlafen.

Sie alle antworten mir innerhalb einer Woche. Wie sich herausstellt, ist der Maschinenbaustudent ebenfalls Widder. *Ich wollte keine potentielle Freundin durch das falsche Tierkreiszeichen abschrecken, man weiß ja, wie eigen Frauen da sind.* Seine Angst vor Ablehnung bringt mich aus der Fassung, sein Bedürfnis nach Nähe ist noch größer, als ich vermutet hatte. In diesem Moment wird mir meine Position erst richtig bewusst. Und ich genieße die Macht und die Verantwortung und nehme meine Aufgabe ernst, den trostlosen Alltag dieser drei Männer mit einer dicken Portion Glück zu bereichern.

In den folgenden Wochen perfektioniere ich meine Handschrift und bilde mich auf unterschiedlichen Gebieten weiter: Mit Widder 1 führe ich Gespräche über das Mittelalter und die Kreuzzüge, mit dem Skorpion rede ich über die freiwillige Feuerwehr, mit Widder 2 über alles andere. *Ich will alles von dir wissen.* Ich versuche, mich mit Informationen über mich zurückzuhalten. Dafür ermuntere ich die Männer, von sich zu schreiben. Und was auch immer sie von sich erzählen, ich finde es toll, verfasse Lobeshymnen in Schreibschrift. Ich will ihnen mit meinen Briefen so viel Selbstvertrauen und Selbstbestätigung wie nur möglich schicken, sie stark machen für die glitzernde und grausame Welt des Datens.

Beim Beantworten der Briefe verfolge ich einen strikten Zeitplan. Zwei Tage nach Erhalt eines Briefes warte ich, dann schreibe ich zurück. So wissen meine Schützlinge immer, wann sie mit einem Brief von mir zu rechnen haben. Habe ich mal keine Lust zu schreiben, brauche ich mir nur die Enttäuschung meiner Brieffreunde vorzustellen, wenn sie nicht den herbeigesehnten Brief im Briefkasten finden, und schon sitze ich mit gezücktem Füller an meinem Schreibtisch. So viel hängt von mir ab.

Um den Überblick zu behalten, lege ich mir ein kleines Heft zu. Hier hat jeder der drei einen eigenen Abschnitt samt eigener Farbe. In grüner Tinte steht da zum Beispiel: W 1 nach Prüfungsergebnis fragen, in Blau: S viel Glück für Motorradprüfung wünschen. Ich habe kaum noch Zeit für Sport oder zum Shoppen: Das Schreiben der Briefe nimmt viel Zeit in Anspruch, außerdem hat die Prüfungsphase an der Uni begonnen und ich muss öfter zu den Toiletten, Glück verteilen.

Entschädigt für den Aufwand bin ich, wenn ich in der krakeligen Schrift des Skorpions einen Satz lesen kann wie »Wenn einer deiner Briefe auf mich wartet, ist der Tag gerettet«. Man sollte mehr arme Würste glücklich machen. Für die Semesterferien nehme ich mir fest vor, zwei weitere Brieffreunde zu suchen, die es ebenso nötig haben. Die geplante Hausarbeit verschiebe ich auf das nächste Semester.

Es ist auch ebendieser Skorpion, der mir ein Treffen vorschlägt. *Ich kenne einen unglaublichen Italiener hier im Viertel. Das Pesto macht süchtig.* Ich muss lachen, der kitschige Vorschlag, sich bei einem Italiener zu treffen, kann nur von ihm kommen, keiner meiner anderen beiden Jungs käme auf die Idee. Dann wird mir klar, wie prekär die Lage ist. Ganz eindeutig hat der Skorpion vor, unsere Beziehung auf die nächste Ebene zu bringen – was mir nicht so recht ist. So war das nicht gedacht.

Nachts liege ich wach. Der Vorschlag des Skorpions flitzt wie eine Flipperkugel in meinem Kopf hin und her. Wenn ich mich nicht mit ihm treffe, wird er enttäuscht sein, vielleicht sogar sein mühsam aufgebautes Selbstvertrauen verlieren, womit meine ganze Arbeit dahin wäre. Sicher geht es ihm immer so: Alle Frauen verschwinden, sobald es ernst wird. Also muss ich mich mit ihm treffen. Ich muss ihm zeigen, dass er es wert ist, geliebt zu werden. Auf keinen Fall darf er auf die Idee kommen, er wäre nur der Kumpeltyp. Der Kumpelkomplex ist das Schlimmste. *Alle wollen mich nur als besten Freund.* Das darf er nicht denken. Also muss ich bei unserem Treffen eindeutige Signale senden. (Denn dass an einem Date kein Weg vorbeiführt, wenn nicht alles umsonst gewesen sein soll, ist jetzt klar.)

Signale also. In meinem Kopf stelle ich eine Liste zusammen: Küsschen zur Begrüßung, Lächeln, ihn mit leicht schrägem Kopf und präsentiertem Hals anblicken, ihn beim Zum-Glas-Greifen zufällig mit der Hand berühren, Kichern. Vielleicht auch etwas Füßeln. Und wenn sein Bedarf nach Nähe und Liebe allzu groß ist, werde ich ihn eben richtig küssen. Mit geschlossenen Augen und Zunge. Was ist schon dabei? So kurz vor dem Ziel in meinem Projekt Einsame-Herzen-Beglücken mache ich nicht kehrt. Die Ameisen sind wieder da und breiten sich unter meinem Nachthemd aus. Und dann kann ich schlafen.

Zehn Tage später bestellt der Skorpion überraschend weltmännisch »wie immer, Antonio« und stößt mit mir an. Schon bald kommt der Kellner mit einer großen Platte, beladen mit Meeresfrüchten. Ich überlege gerade, ob ich ihn zum Abschied wirklich küssen will, wenn er Oktopussaugnäpfe zwischen seinen Zähnen hat, da hält er mir ein labberiges Stück Irgendwas vor die Nase. Der Skorpion freut sich: »Das musst du probieren, göttlich, gött-lich.« Wie er »göttlich« sagt – er betont beide Silben –, aus welchem Film er das nur hat? Der Skorpion fuchtelt mit der Gabel vor meinem Gesicht herum, nickt mir auffordernd zu. Ich hätte schreiben sollen, dass ich Vegetarierin bin. Ich hätte ehrlich sein sollen. Stattdessen habe ich mich mit ihm über verschiedene Zubereitungsarten von Haxe unterhalten. *Knusprige Haxe und braunes Sößchen, dazu Klöße, das wär meine Henkersmahlzeit.* Jetzt ist es zu spät. Ich blicke in seine strahlenden Augen und weiß, dass ich ihm diesen Moment nicht versauen darf. Ich beiße ab.

Der Hauptgang kommt und der Skorpion redet nicht mehr besonders viel. Das irritiert mich nicht, damit habe ich gerechnet: Er hat schließlich kaum Erfahrung mit Dates. Vielleicht bin ich sogar das erste richtige Date seines Lebens. Wahrscheinlich befürchtet er, vorhin zu viel geredet zu haben. Ich versuche, dem Skorpion die Schüchternheit zu nehmen: Immer wenn er von seinem Teller zu mir hochschielt, strahle ich ihn an. Sicher kann er sein Glück kaum fassen. Ein paar Mal grüßt er irgendwelche Leute, die das Lokal betreten. Er wollte sich wohl hier mit mir treffen, damit er mich rumzeigen kann. Also strahle ich auch die Ankommenden an und proste ihnen zu.

Zwei Tage später liegt ein Brief des Skorpions in meinem Briefkasten. Ich schmunzle, er ist drei Tage früher dran als sonst. Das habe ich auch gar nicht anders erwartet, er konnte es sicher kaum aushalten. Mal sehen, was er diesmal für ein Rendezvous vorschlägt. Oder ob es gleich ein Wochenendtrip nach Paris ist. Einmal treffe ich mich noch mit ihm, habe ich beschlossen, dann ist Schluss. Bis dahin habe ich ihn fit gemacht für die Liebe und er wird garantiert keine arme Wurst mehr sein. Bei einem Tee lese ich den Brief.

Liebe Maya, danke für das Treffen. Du hast sicher auch gemerkt, dass unsere Wellenlänge nicht die gleiche ist. Ehrlich gesagt habe ich selten einen so langweiligen Abend verbracht. Leider bist du auch äußerlich nicht mein Typ. Ich glaube, unter diesen Umständen macht eine weitere Brieffreundschaft keinen Sinn. Alles Gute und viel Glück noch bei der Suche nach Mr. Right, M.

Zwanzig Minuten später steige ich im vierten Stock aus dem Paternoster. Heute sind Lateinprüfungen, bei denen ist die Durchfallquote immer besonders hoch. Diesmal bin ich früher, es steht noch kein Prüfling im Flur. Das ist wichtig. Ich stelle mich vor das schwarze Brett und verschiebe die Magnete, ändere Namen, Prüfungszeiten, Räume. Dann streiche ich wahllos Namen von irgendeiner Bestanden-Liste. Auf dem Weg zur Mensa blicke ich alle mir Entgegenkommenden, die irgendwie nach Prüfling aussehen, finster und unheilvoll an. Als ich kurz darauf in der Cafeteria meinen mit hundertachtzig 1-Cent-Münzen bezahlten Kaffee trinke, sammle ich auf gelbem Papier kurze Sprüche: *Vertraue niemandem*, *Pass auf, was du tust* und *Auch deine Glückssträhne geht einmal zu Ende.*

Sicher fragt demnächst wieder mal jemand, ob ich ihm was vom Chinesen mitbringen kann, darauf will ich vorbereitet sein. Verlieren können war wie gesagt noch nie eine meiner guten Eigenschaften.

Lena Hach, geboren 1982, besuchte nach dem Abitur ein Jahr lang die »Schule für Clowns« in Mainz. Neben ihren Auftritten als »Clownin« *Picalina* studiert sie derzeit in Frankfurt Germanistik und Anglistik. Erste Schreiberfahrungen sammelte sie als Mitarbeiterin einer Mädchenzeitung.

Simon Urban *Traumfraßbau*

Seine Mutter eine Muslimin, sein Vater Münchner, also fremder könnten sich Erziehungsberechtigte in diesen Gefilden ja wohl kaum sein, sagte Mustafa. Deshalb heiße er auch mit Vornamen Mustafa, nach seinem Großvater, und mit Nachnamen Murschl, wie der Rest der Familie. Gosciak zündete sich eine Zigarette an und nickte. Diese deutsch-türkische Ehe sei allerdings von vornherein zum Scheitern verurteilt gewesen, sagte Mustafa. Jetzt wäre er das Letzte, was diese Islamistin und ihr Bayer gemeinsam hätten auf der Welt, ein Kind zwischen allen kulturellen Stühlen Europas mit dem Namen Mustafa Murschl. Und dass er mit diesem Namen von einem Moskito gestochen worden wäre, in Malaysia, das müsse wohl an den vielen Ms liegen, mit denen er ohnehin schon sein ganzes Leben lang zu kämpfen habe.

Gosciak sah Mustafa Murschl von seinem Stuhl aus im Profil. Murschl lag auf dem Krankenhausbett wie ein Berg. Drei Decken hatte man gebraucht, um ihn einzupacken, und oben schaute ein freundlicher Kopf heraus, der aussah, als habe er mit dem, was unter ihm noch so alles kam, rein gar nichts zu tun.

Er wisse natürlich nicht mehr, wann genau das passiert sei, mit dem Moskito, sagte Mustafa. In so einem Urlaub würde man ja andauernd gestochen. Auf jeden Fall wäre er zu Hause plötzlich gewachsen. Vor allem unten rum. Am Anfang drei Kilo mehr die Woche. Plötzlich sei jede Hose zu eng gewesen. Also Diät. Das habe aber auch nicht geholfen. Und dann irgendwann die Diagnose: Mutation. So würde er das mittlerweile nennen, weil er dieses Elefantenwort nicht mehr hören könne. Und Mutation fange wenigstens mit einem M an.

Gosciak drückte seine Zigarette in den leeren Deckel einer Sprudelflasche, öffnete das Fenster und warf den Deckel hinaus. Mit seinem Wachstum habe er sich irgendwann abgefunden, sagte Mustafa. Das müsse man lernen positiv zu sehen. Man würde halt immer mehr. Inzwischen sei Mustafa Murschl quasi viermal vorhanden. Und jeder frage sich, wohin wächst der noch? Und da er sowieso nichts mehr könne außer liegen oder sitzen, und das sei bei ihm eigentlich auch dasselbe, da habe er angefangen, Maschinenbau zu studieren. Denn bevor er noch mal abnähme in diesem Leben, da würde eher der Hugh Hefner zum Papst gewählt. Also müsse man der Masse mittels einer Technik Herr werden. Er arbeite deshalb an einem Gerät, das ihn beweglich halte. Sozusagen ein Lastenaufzug mit Rädern. Und was der Markt da gerade so hergebe, das ginge schon in die Knie, wenn ein Mustafa Murschl nur mal böse guckte. Also wie immer: Was gescheit werden solle, das müsse man schon selber machen.

Schwester Bettina kam mit zwei Tabletts herein und sagte, sie habe eine feine Nase, und wenn der Herr Gosciak nicht ab sofort das Raucherzimmer aufsuchen würde, um seiner Nikotinabhängigkeit Genüge zu tun, dann müsse sie den Oberarzt Lentz informieren, und der kenne Mittel und Wege, damit auch der Herr Gosciak ein wenig Achtung gewänne vor der Hausordnung des Sankt-Gisbert-Krankenhauses, so viel sei sicher. Schließlich habe der Herr Gosciak auch einen Bettnachbarn und der halte wahrscheinlich von dieser Raucherei nicht das meiste. Seit ich mit dem Rauchen aufgehört habe, bin ich so schrecklich dick geworden, rief Mustafa Murschl und verzog das Gesicht.

Gosciak schenkte Murschl Tee ein und schmierte ihm Diätmargarine auf die beiden Schwarzbrotscheiben. Wenn er wolle, könne Murschl auch das zweite Abendbrot haben, sagte Gosciak. Denn was er jetzt essen würde, das käme gleich sowieso wieder heraus. Murschl erklärte, es sei ihm reichlich egal, was er esse, Lust habe er sowieso nur auf McDonald's. Und das sei das tragische Element an seiner Moskito-Mutation, dass er immer dicker werde, ohne dass McDonald's daran schuld sei. Denn wenn er sich diese 170 Kilo wenigstens angefressen hätte, dann wäre es jedes einzelne Pfund wert gewesen. Also: Falls dieser Lastenaufzug mal was würde, nach dem Studium, dann würde ihn der erste Weg zum goldenen M führen. Und die würden nicht schlecht gucken, wenn da ihr Fleisch gewordener PR-Alptraum hereingerollt käme, um fünfzehn Cheeseburger zu bestellen.

Gosciak sagte, der Cheeseburger sei ja recht schmackhaft, aber nichts gegen den Royal-TS, denn die TS-Sauce würde alles andere in den Schatten stellen, auch den Big Mäc. Murschl entgegnete, jede Sauce wäre ihm lieber als die des McRib, aber unschlagbar sei die McFarmer-Sauce gewesen, zwischenzeitlich McPork, eine abgerundete Mischung aus Senf und Meerrettich an

Schweinefleisch, gekrönt von einer güldnen Scheibe Scheiblettenkäse. Gosciak sagte, der McFarmer sei tatsächlich delikat gewesen, aber wenn er sich überhaupt eine verlorene McDonald's-Sauce zurückwünschen könne, dann wäre es die des McKropolis, den es während der Olympischen Spiele 2000 als Saison-Burger gab, nämlich eine Mayonnaise mit Thymian. Und das müsse man sich mal auf der Zunge zergehen lassen, eine Thymian-Mayonnaise mit gebratenem Rindfleisch und Scheiblette, etwas Besseres hätte die Welt zwischen zwei Brötchenhälften bislang nicht gesehen. Murschl ließ die Hand mit dem Schwarzbrot sinken und seufzte. Gosciaks Magen knurrte wild entschlossen.

Es war drei Uhr nachts, als der Wecker ansprang. Mustafa Murschl ließ seine gewaltigen Beine auf den Boden rutschen und saß dann so hilflos auf der Bettkante, wie ein Kind, das man während des Schlafs heimlich mit einer Luftpumpe aufgeblasen hatte. In den kahlen Fluren brannte nur die Notbeleuchtung. Das polierte Linoleum glänzte grünlich. Wenn Mustafa Murschl acht Schritte geschafft hatte, brauchte er eine Minute Pause. Rechts hielt Murschl sich am Handlauf fest, links versuchte Gosciak so zu tun, als könne er irgendetwas abstützen. Murschls Bauch wölbte sich so monströs, dass Murschl seine eigenen Füße nicht sehen konnte. Deshalb traute er sich nur in Trippelschritten vorwärts.

Nach zehn Minuten waren sie am Aufzug angekommen und fuhren in den Keller. Murschl keuchte. Die Schubkarre hatte Gosciak vorhin unter dem Treppenabsatz versteckt. Während Murschl versuchte, sich gezielt in die Blechwanne der Karre hinabzulassen, stemmte Gosciak sich als Gegengewicht auf die beiden

Griffstangen. Als Murschl schließlich in der Schubkarre lag, quoll er an jeder Seite heraus. Murschl sagte, in diesem Ding würde man ihn wohl bestatten müssen, und fing an zu lachen, dass ihm die Tränen über die hängenden Wangen liefen. Gosciak deckte den heulenden Murschl mit mehreren Handtüchern zu und schob ihn durch den Notausgang des Kellerflurs ins Freie.

Das gelbe Plastik-M war schon ausgeschaltet, als Gosciak mit seiner Schubkarre voller Mustafa Murschl vorfuhr. Im Restaurantbereich brannte trübes Licht, sämtliche Stühle standen auf den Tischen. Das sah aus, als wären die gerade vor einer Schar Mäuse geflohen. Gosciak rollte Murschl zur Rückseite des Flachbaus, wo sie nur eine stählerne Brandschutztür fanden. Die wirkte gleich unüberwindlich. Murschl musste also seine wulstigen Beine ausstrecken und wurde schließlich im Minutentakt als Rammbock vor die Flügeltür des Haupteingangs gefahren. Irgendwann gab das obere Schloss nach, dann brachen zwei Scheiben. Eine halbe Stunde später schob der verschwitzte Gosciak Murschl durch Glasscherben und Plastiksplitter in die Küche.

Murschl sagte, wenn er sich ein Menü wünschen dürfe, dann als Horsd'œuvre bitteschön einen McBacon, den aber mit zwei Scheiben Käse und der guten Big-Mäc-Sauce. Gosciak schleppte einen Karton Burger-Brötchen aus der Kühlkammer und schaltete die Garflächen an. Der Duft von gebratenem Rindfleisch und getoastetem Brot zog durch das halbdunkle Restaurant. Gosciak merkte, wie ihm das Wasser im Mund zusammenlief. Das ist das Schlaraffenland, sagte Mustafa Murschl in seiner Schubkarre. Und jetzt noch diesen Weihnachts-Burger, da gehe ihm doch sofort sein fettes Herz auf.

Gosciak servierte die beiden McBacon auf Tellern aus dem Personalraum und machte dazu zwei Flaschen Holsten auf. Murschl bekleckerte gekonnt seinen grauen Jogginganzug und schwor schmatzend, dass jeder Burger ohne Gurke gleich eine ganz andere Liga sei. Deshalb plädiere er heute Nacht für absolutes Gurkenverbot. Das sei schon immer seine Fastfood-Utopie gewesen, eine Orgie im Mekka der Buletten, und das alles völlig gurkenlos. So dass man für ein paar Stunden glauben könne, die Gurke wäre nie angekommen in Westeuropa oder zumindest nicht zwischen Rindfleisch und Käse.

Als zweiten Gang präsentierte Gosciak dreifache Cheeseburger mit TS-Sauce und Rucola. Murschl fraß die Burger binnen drei Minuten in sich hinein und sagte, er nehme dieses geheime gosciaksche Experiment kraft seines Amtes als offizieller nächtlicher Test-Esser in die ewige Bestenliste amerikanischer Küchenkultur auf und taufe es auf den Namen »Mutation I«.

Und jetzt verlange sein Gaumen nach einem Fischmäc, und zwar vierfach und mit sechs Mozarella-Scheibletten, und dann müsse man dem heiligen Ronald wohl einen Altar bauen für all diese Herrlichkeiten, und er, Mustafa Murschl persönlich, preise in seiner Schubkarre den Erfinder des Burgers und den des Scheiblettenkäses und er gelobe hier und jetzt, nur noch Rind zu essen, so wahr ihm sein Maschinenbau-Studiengang helfe.

Der Franchisenehmer Nöhr sollte sich im Hintergrund halten, als die beiden Polizisten den Küchenbereich betraten. Aber das fiel Nöhr schwer, denn neben der Fritteuse standen einige Burger-Kreationen, die ihn interessierten. Darunter ein doppelter McChicken, in den man eine Lage Pommes frites eingebaut hatte. Spuren gelber Sauce zogen sich von der rechten zur linken Wand, der Boden war mit Brötchenhälften und aufgetautem Fleisch bedeckt. Mittendrin schnarchte Mustafa Murschl in seiner Schubkarre. Murschls Kopf hing zwischen den beiden Plastikgriffen herunter, auf dem riesigen Bauch lagen dutzende Chicken-Mc-Nuggets. Einer der Polizisten rüttelte an Murschl herum und sagte, er sei der Oberwachtmeister Kriwet, und wer den Herrn denn hier hereingeschoben hätte. Murschl richtete sich mühselig auf und sagte, das sei wohl sein kulinarischer Kompagnon Gosciak gewesen, und falls der Oberwachtmeister Kriwet den Gosciak irgendwo entdecke, möge er ihm doch bitte ausrichten, allmählich würde es in dieser Schubkarre doch ein wenig unbequem. Kriwet fand Gosciak vor der Kloschüssel und sagte ihm, er habe noch eine Viertelstunde, um sich zu Ende zu übergeben, dann ginge es auf die Wache.

Erst mit Hilfe des kräftigen Nöhrs gelang es schließlich, Murschl von seinem Fahrgestell zu befreien. Für Murschls Transport musste noch ein Mannschaftswagen angefordert werden. Als Kriwet den Tatort fotografiert hatte, steckte er sich einen der übrig gebliebenen, dreifachen Cheeseburger in die Jackentasche, dann klebte er sein Polizeisiegel an die Tür.

Das könne kein Zufall sein, dass sie schon wieder nebeneinander gelandet seien, sagte Mustafa Murschl. Aber diese Zellennachbarschaft, die würde es ihm ermöglichen, Gosciak etwas zu gestehen: Als er da vorhin nach dem soundsovielten Burger in seiner Schubkarre gelegen habe, da habe er den Plan gefasst, zu platzen. Denn so fröhlich, wie er sich verkauft habe, im Krankenhausbett, sei er gar nicht. Dass Dicke lustig sein sollten, halte er schon lange für ein Gerücht. So ein Moskito sei doch extrem klein, und dass nun ausgerechnet etwas so Kleines dafür verantwortlich sein müsse, dass er immer größer würde, dass wäre ihm schlicht peinlich. Wenn ihn ein Dinosaurier gebissen hätte, gut. Aber doch kein Moskito. Ob Gosciak das verstehen könne, dass es eigentlich nur um diese Peinlichkeit gehe? Also, wenn er sein Maschinenbaustudium beendet habe, dann erst mal ab nach Malaysia. Und Gosciak käme mit. Dann würden da alle Moskitos platt gemacht. Das wäre das Wichtigste, vor dem Platzen diese verfluchten Mücken umzubringen. Mit Chemie oder mit einer Fliegenklatsche, ganz egal.

Montezuma Murschl würde man ihn nennen, wenn er mit diesen Mücken fertig wäre. Und dann ab zu McDonald's. Die gäbe es in Malaysia auch. Und dort am besten einmieten, im Kinderland, zwischen den bunten Bällen, und nichts als essen, bis er randvoll wäre. Irgendwas würde ihn schon zum Platzen bringen. Und das müsse Gosciak ihm anreichen. Im Kinderland in einem malaysischen McDonald's wolle er platzen und nirgendwo sonst. Das sei jetzt klar. Ob Gosciak ihm versprechen werde, ihn da zum Platzen zu bringen, zwischen tausend bunten Bällen, im Traumfraßbau?

Gosciak reichte seine Hand herüber, und Mustafa Murschl ergriff die Hand und hielt sie eine Minute fest und fing irgendwann an zu schnarchen. Gosciak hörte eine Mücke durch seine Zelle surren. Ein feiner, dünner Ton flog von links nach rechts. Es dauerte ein paar Minuten, bis Gosciak sie an der Wand erwischte.

Dann ergriff er wieder Murschls Hand und machte die Augen zu. Es roch angenehm nach McDonald's.

Simon Urban war nach seinem Germanistikstudium mehrere Jahre als freier Mitarbeiter für verschiedene Tageszeitungen tätig. Heute arbeitet er als Werbetexter in Hamburg. 2003 gewann er den Münsteraner »Am Erker-Kurzgeschichtenpreis«.

Ina Froitzheim *Südfrankreich*

Heute war der erste Tag, an dem es mir ein bisschen besser ging. Ich hatte eine Woche kaum geschlafen, viel geheult, gejammert und gebrüllt.

Johannes hatte mir noch nicht einmal einen Grund genannt. Es war wie im Kino, ich kam nach Hause und er war weg, einfach ausgezogen, ohne Nachricht. Die Hälfte des Schrankes war leer, seine Handtücher, die Zahnbürste, seine Bettdecke, alles weg. Sogar seine Matratze samt Lattenrost – weg. Seine CDs, der Verstärker, seine Videos und der Videorekorder. Er hatte mir das Tapedeck und den CD-Player dagelassen, aber ohne Verstärker konnte ich nicht mal Radio hören.

Ich suchte überall in der Wohnung nach Sachen von ihm, aber er hatte alles mitgenommen, was ihm gehörte oder wovon er glaubte, dass es seine Hälfte unseres Besitzes war. Sogar seine dreckige Wäsche war weg.

In den ersten Tagen gab es Momente, in denen ich mir nicht mehr sicher war, ob es ihn wirklich gegeben hatte. Ich machte mich auf die Suche nach einem Foto von uns beiden. Wir waren oft zusammen in Urlaub gewesen, es gab unzählige Fotoalben. Ich erinnerte mich an die gemeinsamen Erlebnisse, aber kein einziges Foto zeigte mir, dass es so gewesen war, er war nirgendwo zu sehen. Mich gab es, ich lachte mir unzählige Male entgegen. Immer war mein Kopf ganz groß aufgenommen, wenn ich gerade vom Baden, Duschen oder Schwimmen kam. Johannes liebte meine nassen Wimpern und meine blauen Lippen, die ich jedes Mal hatte, wenn ich zu lange im Wasser blieb.

Und immer nur ich alleine. Ich auf einem Schiff. Die Fähre nach Sardinien, ich erinnerte mich gut an den kleinen italienischen Arbeiter, der die Kamera beinah ins Meer fallen ließ, als er uns fotografieren sollte. Später lachten wir über das Foto, weil die obere Hälfte Himmel war und wir uns auf der unteren Hälfte drängelten. Aber dieses Foto war nicht da, kein einziges von denen, die wir mit dem Selbstauslöser gemacht hatten.

Es fehlte das Foto, auf dem Johannes und ich die Seehunde in San Francisco fütterten, und die kleine Fotoreihe, die er aus Versehen produzierte, als er es nie schnell genug zur Bank schaffte, auf der wir uns fotografieren wollten, mit der Skyline im Hintergrund.

Das erste Bild zeigte seinen Hintern abgeschnitten, das zweite zeigte ihn vom Hals bis zu den Knöcheln, da war er schneller gewesen, das letzte uns beide, lachend, ihn verwackelt, in dem Moment, als er sich auf die Bank warf.

Die Fotos von unserem ersten Urlaub hatte er alle mitgenommen. Wir waren damals frisch verliebt und fuhren nach Frankreich an die Ardeche. Wir campten wild am Fluss, tranken Rotwein, angelten und küssten uns. Zwischen den massiven Felswänden war die Zeit stehen geblieben. Drei Wochen lang gab es nur uns.

Als ich alle Bilder durchgesehen hatte, waren Stunden vergangen. Ich fragte mich, wann er überhaupt die Fotos aussortiert hatte. Wie lang hatte das gedauert? Und was hatte er dabei empfunden?

Erinnerte er sich denn nicht an unsere Erlebnisse? Wir hatten die halbe Welt gemeinsam bereist, seltsame Geschichten erlebt, zweimal waren wir ausgeraubt worden und hatten uns im Busch verlaufen. All das hatte uns zusammengeschweißt. Wir wussten, dass wir uns auf den anderen verlassen konnten, dass wir zwei zusammengehörten, mehr brauchten wir nicht, nur uns.

Ich konnte nicht glauben, dass er sich ohne Worte aus meinem Leben geschlichen hatte und wie ein Verbrecher versuchte alle Spuren zu verwischen. Ich fühlte mich dumpf und leer, ich blieb den ganzen Tag zu Hause, wusste oft nicht, ob es Tag oder Nacht war, ich hatte Fieberschübe und Schüttelfrost. Stundenlang lag ich im Bett und starrte in das Loch, wo früher seine Matratze gelegen hatte. Ich fragte mich, ob er eigentlich überlegt hatte, das Bett auseinander zu sägen.

Er hatte den Trockner mitgenommen, mir die Waschmaschine dagelassen. Er hatte die beiden Sessel von der Couchgarnitur mitgenommen und das Sofa dagelassen. Die zwei Sessel hatten zusammen ungefähr so viel gekostet wie die Couch. Den Kleiderschrank hatte er mir dagelassen, dafür hatte er den Sekretär aus der Diele mitgenommen.

Ich fragte mich, ob er alles akribisch ausgerechnet hatte und wie lange er dafür gebraucht hatte, wann er überhaupt den Beschluss gefasst hatte. Wieso hatte ich nichts bemerkt? Aber eigentlich gab es nur eine Frage: Warum? Warum? Warum?

Tag und Nacht schoss sie mir durch den Kopf. Und

ich erreichte ihn nicht, nirgends. Er hatte keine Nachricht hinterlassen. Nur den Müll noch nach unten gebracht. Etliche Male versuchte ich ihn anzurufen, im Büro hatte er Urlaub genommen und beim Handy ging nur die Mailbox dran.

Eines Tages stand plötzlich seine Mutter Carola in der Wohnung, ganz in Schwarz, mit einem Hut, der einen kleinen Schleier an der Krempe hatte. Sie sah aus, als ob sie auf dem Weg zu einer Beerdigung wäre. Zuerst hatte sie sich um die Beziehung Sorgen gemacht. Als es aber ein paar Tage später immer noch kein Lebenszeichen von ihrem einzigen Sohn gab, hatte sich ihre Sorge in Wut gewandelt.

Sie beschwor den lieben Gott, dass er ihr doch einen anderen Sohn hätte schenken sollen, einen, der treu geblieben wäre und nicht so schwaches Fleisch hätte. Sie sagte, dass sie es schon immer geahnt habe, und kramte jede Geschichte hervor, mit der sie glaubte, Johannes schlecht machen zu können.

Sie erzählte mir, dass er schon im ersten Schuljahr eine Freundin hatte. Und geprügelt hätte er sich und Süßigkeiten geklaut. Und dann die schreckliche Zeit, als er mit langen Haaren herumlief. Und diese Freundin, in den großen Gewändern und den schwarzen Augen! Carola schüttelte sich, um ihrem Ekel Ausdruck zu verleihen. Sie sagte, dass sie ihn autoritärer hätte erziehen sollen. Und diese Demonstrationen, ein Radikaler sei er gewesen.

Carola gab sich Mühe, vor mir kein gutes Haar an ihrem Sohn zu lassen. Doch ich fühlte meine erste Verliebtheit wieder. Auf einer der von ihr verteufelten Demos hatten wir uns kennen gelernt – ich die Frau mit den schwarzen Augen, er in seiner grün gebatikten Latzhose mit der Trillerpfeife, in die man zu zweit pusten konnte. Ich durfte mit ihm trillern. Nach der Demo konnten wir beide einen Tag nichts hören, aber wir waren verliebt und brauchten keine Worte.

Als Carola merkte, dass ich nicht reagierte, änderte sie die Taktik. Sie gab der Neuen alle Schuld, eine Schlampe müsse das sein. In mir wehrte sich alles, es gab keine Neue. Und da war sie wieder, die Frage: Warum?

Gestern standen zwei Kripobeamte in meiner Wohnung. Carola hatte ihren Sohn als verschollen gemeldet, die Beamten fragten nach, ob ich ihn denn nicht vermissen würde? Ich sagte: »Sehr.«

Die Beamten wollten wissen, ob ich eine Vorstellung davon hätte, wo er sein könnte, ob mir in letzter Zeit etwas aufgefallen sei, vielleicht war er depressiv und suizidal. Als sie sich in der Wohnung umgeschaut hatten, schlossen sie Selbstmord aus. Es musste wohl doch eine Neue geben, schließlich hätte er ja mit den ganzen Sachen irgendwohin gemusst.

Ich heulte weiter und bekam immer wieder einen Wutanfall, aber ich zerstörte nichts, denn es waren ja nur noch meine Sachen in der Wohnung. Ich war sauer, todtraurig und völlig verzweifelt. Manchmal hasste ich meine Gedanken an ihn, dann klammerte ich mich wieder an sie. Ich spürte ihn neben mir. So viel Nähe hatte ich mit keinem anderen Mann vorher kennen gelernt.

Ich fühlte die Harmonie und die Leichtigkeit, mit der wir unseren Alltag durchlebten. Wir hatten kaum Auseinandersetzungen, unsere Beziehung war wunderbar, weil wir nur wenige Erwartungen an den anderen hatten, und er war, wie er war, und auch ich durfte so sein, wie ich war.

Immer wieder schlich ich durch die Wohnung, überall nur noch die halbe Einrichtung, ich fühlte mich wie amputiert. Und das Gefühl von Vertrauen in die Welt – von wegen, alles ist gut so, wie es ist, und selbst die schlimmen Sachen haben noch etwas Gutes – , alles war weg. Ich war auch weg, irgendwie spürte ich mich nicht mehr. Und immer war da dieses *Warum?* in meinem Kopf.

Gestern musste ich zur Polizei. Ich hatte einen Anruf bekommen. Ich fragte sofort, ob sie Johannes gefunden hatten, aber die Frau am anderen Ende sagte, sie könne keine Auskunft geben, ich müsse kommen und ein paar Fragen beantworten.

Auf dem Weg zur Wache verfuhr ich mich, ich konnte mich nicht konzentrieren, ich hatte Angst. In einem Wohngebiet stand ein Möbellaster halb auf der Straße. Auf der Laderampe lachte mich unser Sekretär an.

Als die beiden die Matratze in den Laster gequetscht hatten, küssten sie sich, und er lächelte sein Lächeln, genau das gleiche Lächeln, das ich von früher kannte, als er in *mich* verliebt war.

Sie schoben den Sekretär in den fast vollen Lkw, schlossen die Türen und küssten sich wieder. Bevor sie einstiegen, beschrieb er ein Herz mit seinen Händen, weit ausholend. Sie machte es ihm nach, *mein* Herz, unser Herz.

Ich folgte den beiden, stundenlang. Plötzlich überquerten wir die Grenze nach Frankreich. Hätte ich denn, bloß weil er einen Französischkurs angefangen hatte, misstrauisch werden müssen? Wir fuhren in ein

Gebirge. Plötzlich erkannte ich alles wieder, sie waren auf dem Weg zur Ardeche, unserem Fluss. Das durfte er nicht.

Ich überholte den kleinen Laster. Als Johannes mich erkannte, starrte er mich an. Ich sah die Kurve, aber er sah nur mich.

Irgendwann wendete ich und fuhr nach Hause. Plötzlich spürte ich, dass ich gar keine Antwort mehr brauchte, dass die Frage nach dem Warum, die ich mir eine Million Mal gestellt hatte, weg war. Ich fuhr und fuhr, alles war ganz friedlich. Dann schlief ich, die erste Nacht ohne Alpträume, im Bett mit dem großen Loch neben mir.

Als ich aufwachte, hatte ich Angst, doch alles war gut, sein Bett war leer, ohne Matratze ohne Lattenrost, ein friedliches Nichts.

Ina Froitzheim machte eine Ausbildung zur Tischlerin, bevor sie Nordamerikanistik, Kunstgeschichte und Theaterwissenschaften studierte. Anschließend arbeitete sie als freie Journalistin in Berlin. Heute lebt die Kamerafrau und freie Künstlerin in Köln.

Anneke Rüdebusch *Encuentro*

Ich traf Nadja an einem Montagabend im Juli. Genauer gesagt stießen wir zusammen. Ich fuhr mit dem Fahrrad nach Hause, da flog mir eine Mücke ins Auge. Mein Ausweichmanöver kam zu spät und wir wurden zusammen zu Boden gerissen. »Bist du okay?«, fragte ich und versuchte, mich aus dem unübersichtlichen Knäuel aus Lenkern und Speichen zu befreien. Das Mädchen, das für mich wie aus dem Nichts aufgetaucht war, saß mit nach hinten abgestützten Armen und angewinkelten Beinen auf der Straße neben dem Fahrradweg. Sie hielt den Kopf fast bis auf die Knie gesenkt und ihre Schultern bebten leicht, als ob sie weinte.

Erschrocken sprang ich auf und beugte mich zu ihr hinunter. Sanft berührte ich ihren Arm. »Hey – alles in Ordnung?« Eine ältere Dame mit Dackel fragte, ob sie helfen könne. Da erst sah ich, dass das unbekannte Mädchen lachte. Sie biss sich auf die Lippen, ihre Nasenflügel bebten dabei, ähnlich wie ihre bloßen Schultern, die von sehr heller Haut waren – beinahe, als seien sie aus Porzellan. Sie saß einfach nur da und lachte leise in sich hinein, während ich sie mit wachsender Faszination anstarrte. Schließlich hob sie, noch immer lachend, den Kopf und ich blickte in ihre strahlend grünen Augen. Erleichtert signalisierte ich der Dackel-Dame, dass alles in Ordnung sei, woraufhin diese sich achselzuckend abwandte. Nun musste auch ich lachen und zog das Mädchen auf die Füße. »Ich heiße Jonas«, sagte ich. »Ich bin Nadja«, antwortete sie und klopfte sich den Staub von ihrer weißen Leinenhose.

»Ich hatte heute Morgen einen Grashüpfer in meinen Haaren«, sagte sie, als wir uns zehn Minuten später in dem persischen Café *Kelim* gegenübersaßen.

»Aha«, erwiderte ich und dachte mit einem Blick auf ihre rotblonden Locken, dass ihr ein Grashüpfer darin bestimmt gut stand. Nervös drehte ich mit meinem Zeigefinger den Griff der Kaffeetasse hin und her, während sie mit ihrem genussvoll eine zarte Spur durch das samtig-braune Kakaopulver auf dem Kuchenteller zog.

»Ja, wirklich, im Bad! Hatte sich in meiner Haarbürste verfangen«, erklärte sie fröhlich. »Und vorher ist mir mitten in der Nacht die Sonnenblume auf den Kopf gefallen, die auf dem Regal über meinem Bett stand. Da hab ich schon geahnt, dass heute noch was Merkwürdiges passiert.«

»Aha«, wiederholte ich und dachte, dass sie mich für total bescheuert halten musste. »Es tut mir echt Leid!«, brachte ich schließlich heraus. »Scheint mein Pechtag zu sein: Heute Morgen hätte ich beinahe schon eine fette Taube mit dem Fahrrad platt gemacht.« Noch im selben Moment wäre ich am liebsten in den bunten Sitzkissen versunken, doch sie verzog amüsiert die Mundwinkel und antwortete: »Ehrlich gesagt hab ich nicht nur geahnt, sondern auch ein wenig gehofft, dass mir heute noch so etwas Merkwürdiges passiert.«

»Was? Du hast auf einen Fahrradunfall gehofft?«, fragte ich irritiert.

»Nein, natürlich nicht«, entgegnete sie lachend, »ich habe gehofft, jemanden wie dich kennen zu lernen.« Wir blieben den ganzen Nachmittag, bestellten arabischen Tee mit Minze und redeten.

Später saßen wir auf dem Brett eines Baugerüsts vor Nadjas Fenster im fünften Stock und aßen Bandnudeln, die wir in Olivenöl und Pesto tränkten. Wir schwiegen beide, während das Fett auf unsere nackten Füße tropfte. Plötzlich fragte sie: »Hättest du Lust auf ein Spiel?«

»Kommt drauf an«, erwiderte ich zögernd.

»Es heißt *Encuentro*«, erklärte sie, »das bedeutet ›Begegnung‹ oder ›sich treffen‹. Man stellt sich gegenseitig Fragen. Allerdings keine gewöhnlichen, alltäglichen Fragen. Es geht darum, sich wahrhaftig zu begegnen. Es soll Menschen zusammenbringen. Jeder erzählt von seinen Wünschen und Sehnsüchten oder offenbart ein kleines Geheimnis. Und weil wir ja nicht mehr als unsere Vornamen voneinander wissen, gehen wir überhaupt kein Risiko ein. Wir können uns nach dem Spiel wieder trennen, ohne uns jemals wiederzusehen.«

Ich runzelte die Stirn. »Was ist, wenn man sich zufällig wieder begegnet?«, fragte ich schließlich zögernd.

»Dann müssen sich eben beide so verhalten, als ob sie sich nie begegnet wären«, antwortete Nadja leichthin.

Ich wusste nicht so recht, was ich von der Idee halten sollte. Alles, was ich wusste, war, dass ich mich zu diesem Zeitpunkt schon rettungslos in sie verliebt hatte. Deshalb sagte ich: »Okay, von mir aus.«

Sie sprang von der Fensterbank und verschwand im Halbdunkel des Raumes, wo ich sie in mehreren Schubladen kramen hörte. Schließlich kam sie mit einer braunen Holzschatulle zurück. Zwei kleine »e«s standen darauf, nah beieinander und das eine spiegelverkehrt zum anderen, sodass die beiden Buchstaben zusammen an die Form einer Brezel erinnerten. Darunter war in brauner Schrift *encuentro* zu lesen. Im Innern der Schatulle befanden sich zwei Fächer, in denen jeweils ein Stapel roter und gelber, etwa bierdeckelgroßer Karten lag. Auf der Innenseite des Deckels klebte ein vergilbter Zettel. *Encuentro weckt das Interesse für den anderen,* las ich. *Es kann sein, dass du jemanden wiederentdeckst, von dem du dachtest, ihn schon gut zu kennen. Encuentro ist auch eine Begegnung mit dir selbst, ein Fenster zur Seele.*

Ich sah Nadja etwas skeptisch an, doch sie ließ sich davon nicht beirren, kletterte zurück auf das Baugerüst und begann, die Karten zu mischen und sie wie einen Fächer mit der Schrift nach unten auf dem Holzbrett auszubreiten.

»*Encuentro* wurde von dem Chilenen Marty Brito erfunden, als ihn seine fünf Geschwister zum ersten Mal seit vielen Jahren besuchten«, erklärte Nadja. »Ich habe es vor Jahren von meiner Schwester zu Weihnachten bekommen und hatte es schon fast vergessen – bis ich dich getroffen habe.«

Sie sah mich noch einmal prüfend und fast herausfordernd an. »Kann's losgehen?«

Ich nickte.

»Okay, du fängst an!«, sagte sie.

Ich holte kurz Luft und zog eine Karte aus dem vor uns liegenden Fächer heraus.

»Stell dir vor, dein Leben ist ein Lied«, las ich, »wie ist der Refrain?«

Wir sahen uns an und grinsten.

»Ich weiß nicht«, überlegte ich, »ist gar nicht so einfach. Ich glaube, mein Leben hat überhaupt keinen Refrain. Jedenfalls hab ich mir noch nie Gedanken darüber gemacht.«

»Genau das ist ja das Spannende an dem Spiel! Du musst spontan, aus dem Bauch heraus antworten«, meinte Nadja.

Ich überlegte kurz. »Okay, also wenn überhaupt, dann fällt mir spontan nur ein Refrain von Green Day ein, und zwar: *It's somethin' unpredictable, but in the end it's right, I hope you had the time of your life ...*«

Nadja sah mich an, ohne etwas zu sagen. Aber um ihre Augenwinkel hatten sich kleine Fältchen gebildet und auf ihrem Mund lag ein beinahe unsichtbares Lächeln, noch weniger als eine Andeutung. Mehr die Vorahnung eines Lächelns. Aber ich spürte es. Es breitete sich langsam, warm in mir aus wie glänzendes Öl in der Pfanne, bis nichts anderes mehr in mir Platz fand. Nun zog Nadja eine Karte.

»Stell dir vor, du kannst Gott persönlich etwas fragen. Was fragst du ihn?«, las sie laut. »Das ist nicht schwer!«, rief sie sofort. »Ich würde ihn fragen, wohin meine Träume gehen.«

Nun starrte ich sie an. Sie erwiderte meinen Blick, und als ich fühlte, dass ich rot wurde, zog ich schnell die nächste Karte und las: »Was möchtest du, gerade jetzt, in diesem Augenblick?«

Ich schluckte, denn ich konnte ihr unmöglich sagen, was ich in diesem Augenblick wollte. Also schwieg ich und blickte geradeaus. Im Abendlicht erkannte ich die Spitze des Michel. Dahinter die Lastkräne und Lichter am Hafen. Die Sonne verschwand genau zwischen den Fassaden zweier Hochhausrohbauten, die nackt und stumm in den rot leuchtenden Himmel ragten. Plötzlich war mir, als sei ein Gedanke zu mir heraufgeweht worden. Ich sah Nadja an und sagte: »Jetzt, in diesem Augenblick, sehne ich mich nach Weite. Manchmal wird mir sogar meine eigene Haut zu eng. Ich wünsche mir eine Insel oder ein Haus mit einem Fluss. Mücken über dem Wasser. Überhaupt Wasser, viel Wasser. Mein großer Traum ist, eines Tages an den Baikalsee zu fahren.«

»Wieso ausgerechnet der Baikalsee?«, fragte sie.

»Keine Ahnung«, erwiderte ich. »Vielleicht weil ich nichts über ihn weiß, außer dass er da ist. Er ist für mich wie ein Ort, an den ich immer zurückkehren kann, auch wenn ich noch nie dort gewesen bin. – Was ist mit dir?«, fragte ich.

Nadja hatte ein Bein hochgezogen und ihren Kopf aufs Knie gestützt.

»Bei mir sind es diese kleinen, flüchtigen Momente«, antwortete sie und zeichnete imaginäre Kreise auf ihren rechten nackten Fuß, »da wird mir klar, wie wenig ich brauche. Und wie viel mir fehlt. Zum Beispiel Samstagnachmittag, wenn ich vom Wochenmarkt komme. Zu Hause verstaue ich das Gemüse im Kühlschrank und stelle die Blumen ins Wasser. Durchs Küchenfenster sehe ich einen VW-Bus die Straße überqueren. Ein Typ mit Rucksack geht über den Zebrastreifen. Etwas zieht in der Magengegend. Da denke ich plötzlich, dass ich auch ohne Kühlschrank leben könnte und ohne Gemüsefach.«

Ich hätte ihr am liebsten gesagt, dass es die dümmste Idee war, sich nach diesem Spiel nicht mehr wiederzusehen, doch stattdessen fragte ich: »Weißt du, welches Wort die Portugiesen für Sehnsucht haben?«

Nadja schüttelte den Kopf.

»*Saudade*«, sagte ich.

Sie lächelte.

»Das klingt genau nach dem, was es bedeutet. Wenn meine *Saudade* zu stark wird«, sagte sie und fuhr mit dem Zeigefinger über ihre Handinnenfläche, »lege ich eine Landkarte vor mich auf den Tisch und folge den unbekannten Linien und Konturen, ich gebe den Farben und Orten einen Namen und erfinde Gesichter und Geschichten dazu. Und dann stelle ich mir vor, nach der Reise dieselbe Landkarte an die Wand zu hängen, natürlich ist sie jetzt verknittert, und mit dem Finger die Route noch einmal entlangzuwandern, die mir jetzt so vertraut ist …«

»Und – warst du schon einmal auf einer großen Reise?«, fragte ich.

Sie seufzte kurz.

»Nein, leider nicht. Aber einmal in der Woche muss ich raus aus der Stadt, um den Horizont zu sehen. Sonst spielt mein innerer Kompass verrückt.«

Als sie aufsah, traf mich ihr Blick wie ein kühler Regenschauer.

Langsam, vorsichtig, etwa so wie man sich als Kind einem Schmetterling genähert hatte, näherte ich mich ihrem Gesicht. Sie sah mich an und bewegte sich nicht, doch als mein Mund nur noch wenige Zentimeter von ihren Lippen entfernt war und meine Fingerspitzen beinahe ihre Wangen berührten, zuckte sie wie der Schmetterling, der von der Blüte aufflattert, weil man den Finger nicht behutsam genug unter seine feinen Füße gehalten hat. Ich senkte den Kopf und Nadja drehte sich von mir weg, sodass wir Rücken an Rücken saßen. Ihr Kopf lag nun gegen meine Schulter gelehnt. »Ich mag Sehnsucht lieber als Hoffnung«, sagte sie. »Die Sehnsucht macht keine leeren Versprechungen. Hoffnung schon. Sie ist ein verlogenes Biest.« Ich schwieg. Wagte fast nicht zu atmen aus Angst, Nadja könnte einfach fortfliegen, sich wie ein Nachtfalter in die Dunkelheit stürzen, die uns mittlerweile umgab.

Nach einer Weile, die mir wie eine halbe Ewigkeit vorkam, sagte sie: »Manchmal tat es sehr weh, dass da all die Jahre niemand war, wenn ich nachts aufwachte und meine Füße kalt waren. Den es interessierte, welche Farben ich mag oder wohin ich als Kind in die Sommerferien gefahren bin. Oder dass ich einfach nicht wusste, wo dieser Jemand sich gerade aufhielt.« Ich spürte, wie mein Magen sich zusammenzog. Plötzlich hatte ich eine Heidenangst, Nadja tatsächlich nie mehr wiederzusehen. Ich brachte keinen Ton mehr heraus. Nichts schien mir in diesem Moment absurder als die Vorstellung, am nächsten Tag wieder in meinen Alltag zurückzukehren. Ohne sie.

»Hallo?«, hörte ich sie hinter meinem Rücken.

Ich starrte auf meine Füße.

»Bist du noch wach?«, fragte Nadja.

Ich war noch nie wacher gewesen, aber meine Zunge war schwer wie Blei. »Was wirst du ihm sagen, wenn du ihn triffst?«, fragte ich schließlich, und mein Herz klopfte so laut, dass ich befürchtete, sie könne es hören.

Doch jetzt lachte sie wieder, schickte sanfte Glückswellen durch meinen Körper, als ihre Locken meinen Hals kitzelten. Wir saßen dort, ihr Lachen an meinem Rücken, als wäre es schon immer so gewesen.

Sie sagte: »Wahrscheinlich werde ich fragen: Wo zum Teufel warst du so lange? Und dann werde ich sagen: Du hast nicht mitbekommen, wie ich krank und wieder gesund wurde und wie es mir den Hals zuschnürte, als ich allein zum Flughafen fuhr. Und immer wenn die Lebensfreude in mir hochstieg und mich mein eigenes Lachen wie eine Welle unter sich begrub, wo warst du da? Du hast meine hellsten und dunkelsten Stunden verpasst.« Sie machte eine kurze Pause.

»Und dann werde ich ihm alles von mir erzählen und den nächsten Tag werden wir im Bett bleiben und uns lieben.«

Ich schluckte.

»Wirst du ihm auch von diesem Abend erzählen?«, flüsterte ich heiser.

Sie drehte ihren Kopf zu mir, dass ihr Mund beinahe mein Ohr berührte. »Das tue ich doch gerade.«

Sie starb an einem Samstagmorgen im Dezember auf dem Weg zum Wochenmarkt. Es passierte nur zweihundert Meter entfernt von der Stelle, an der wir uns zum ersten Mal begegnet waren. Der Fahrer des Lieferwagens, der im selben Moment aus der Einfahrt kam, hat noch nicht einmal versucht zu bremsen. Er ist einfach in sie hineingefahren. Hundertmal habe ich versucht, mir das Bild vorzustellen. Aber ich sehe immer nur Nadja, wie sie an einem Juliabend vor mir auf dem Fahrradweg sitzt und lacht und ich sie auf die Füße ziehe. Rechts oben in die Ecke der Todesanzeige setzte ihre Familie ein Zitat, das ich von Nadja an unserem ersten Abend schon einmal gehört hatte, es stammte aus dem Film *Bandits*: »*Der Tod dauert das ganze Leben. Und hört vermutlich auf, wenn er eintritt.*«

Als der Sarg im Boden verschwand, meinte ich, den dumpfen Aufprall hören zu können, mit dem er unsanft auf der frostharten Erde aufsetzte. Das Geräusch hat sich mir unter die Haut gegraben. Zu Hause breitete ich die Landkarte von Ostsibirien aus, die ich mit Nadja einmal auf dem Flohmarkt entdeckt hatte. Dabei fiel mir ein, was sie an ihrem letzten Abend zu mir gesagt hatte. Sie hatte mit einer Tasse Tee in der Hand am Fenster gestanden und hinausgeblickt.

»Ist das nicht merkwürdig«, hatte sie mehr zu sich selbst gesagt, »wir haben jeden Tag einen Himmel über uns, doch wir sehen ihn so selten.«

Noch in derselben Woche räumte ich den Kühlschrank aus, packte meinen Rucksack und fuhr an den Baikalsee.

Anneke Rüdebusch, 1977 in Kassel geboren, hat gerade ihr Studium der Kommunikationswissenschaft beendet. Während verschiedener Praktika in PR-Agenturen und Redaktionen sammelte sie journalistische Erfahrungen. Eine ihrer Kurzgeschichten wurde bereits in einer Anthologie veröffentlicht.

Susanne Vogel *Wenn es ernst wird*

Eigentlich kennt sie Ellie schon ewig – seit dem Tag, als Ellie an der Hand ihrer Mutter mit einer riesigen knallroten Schultüte im Arm verschüchtert in die erste Klasse gestolpert ist. Doch in Momenten wie diesem fragt sich Mareike, ob sie und Ellie tatsächlich Freundinnen sind. Vielmehr scheint Ellie heute wie ein klebriger Schatten an ihrer Seite, der sich nicht abschütteln lässt, eine Altlast aus Kindertagen oder – noch schlimmer – wie der verlängerte Arm von Mareikes überfürsorglicher Mutter. Dabei hat Ellie lediglich soeben vorgeschlagen, dass sie sich zu den Hamburgern eine Portion Pommes *teilen* sollten, statt jede eine zu nehmen – wegen des Fettgehalts.

»Wegen des *Fettgehalts.*« Manchmal hat Mareike Lust, Ellies hohe, ernste Stimme nachzuäffen und sich dann eine extragroße Portion Fritten zu bestellen. Ohne sich nach Ellie umzudrehen, balanciert sie mit ihrem Tablett die Treppe hoch; zum Glück ist ihrer beider Lieblingstisch im ersten Stock frei, in einer bis zum Boden verglasten Nische. Dort lässt sich samstagvormittags wunderbar auf das Gewimmel in der Einkaufsstraße runterschauen. Ellie wischt mit einem Stapel Servietten eine lange Spur Ketchup vom Tisch, bevor sie ihr Tablett darauf stellt. In eine Ecke des Tisches hat jemand mit einem scharfen Gegenstand »I love you, Karla« geritzt – Mareike fährt gedankenverloren mit dem Zeigefinger über die Schrift und schiebt sich dann drei Pommes gleichzeitig in den Mund, so dass sie kaum zu verstehen ist.

»Weißt du noch, letzten Frühling, als diese seltsamen Jungs aus Hamburg im Hörland gespielt haben?«

»Carplay? Wo du den Sänger so angehimmelt hast?«

»Genau. Die kommen wieder, übernächste Woche.«

Natürlich will Ellie mit aufs Konzert. Mareike hat nichts anderes erwartet; diese Berechenbarkeit macht sie fast ärgerlich. Andererseits ist es bequem: nie muss sie abends alleine ausgehen.

Mareike hat zwei Tickets besorgt und sogar rausbekommen, dass die Jungs von Carplay bereits am frühen Nachmittag zu Aufbau und Proben anrücken werden. Es ist ein eiskalter Februartag; Ellie ist nicht begeistert, sich Mareike zuliebe vor dem Hörland die Beine in den Bauch zu stehen, lässt sich aber überreden. Und kreuzt sogar pünktlich um vierzehn Uhr mit einer Thermoskanne voll Glühwein auf. Der Plastikbecher dampft in der Kälte, während sie abwechselnd daraus trinken und von einem Bein aufs andere treten. Als ob das was ändern könnte an ihren eiskalten Füßen. In Sichtweite des Hörland gibt es nicht mal ein Stehcafé oder eine Tankstelle, um sich zwischendurch aufzuwärmen. Anfangs schwatzt Ellie drauflos, aber Mareike ist nicht in der Stimmung für den üblichen Schulklatsch. Es nervt, dass Ellie ihr unbedingt weitererzählen muss, was Regina angeblich über Mareike gesagt hat: dass sie schon ruhiger werden wird, wenn nur erst der Richtige für sie kommt.

»Und? Denkst du das etwa auch?« Statt eine Antwort zu geben, schaut Ellie weg, was zwischen ihnen so viel heißt wie, *ja, aber ich hab keinen Bock, mich mit dir zu streiten.* Mareike sieht Ellie von der Seite an. Erst jetzt fällt ihr auf, dass sich Ellie für *ihre* Verhältnisse heute ganz gut aufgestylt hat: Unter ihrem kurzen schwarzen Hängemantel lugt ihr lila Rock knapp hervor, dazu trägt sie eine bunt geringelte Strumpfhose und schwarze Stiefeletten. Die schulterlangen braunen Haare hat sie mit dem Lockenstab an den Spitzen nach außen gekringelt, was irgendwie nett nach fünfziger Jahren aussieht. Dennoch ist für Mareike offensichtlich, dass Ellie niemals eine Konkurrenz für sie sein wird. Sie wird nichts ändern können an ihrem ziemlich runden Nullachtfünfzehngesicht und der dickgläsrigen Brille, denn Kontaktlinsen verträgt sie nicht. Mareike dagegen ist, wie sie inzwischen weiß, genau das, was die Jungs wollen: blond und schlank mit riesigen blauen Augen und einem makellos-unschuldigen Gesicht. Nur ein bisschen mehr Busen fände sie nicht schlecht, aber das lässt sich mit ihrem neuen Push-up-BH zum Glück einigermaßen beheben. Verrückt, dass ihr erst in der zehnten Klasse aufgegangen war, dass sie unter den Jungs quasi freie Auswahl hatte. Davor war sie sich nie so besonders vorgekommen, zumal sie nicht mit schulischen Leistungen glänzte.

Doch seit ihrer Entdeckung war sie in eine Art Schmetterlingstaumel geraten. Nicht, dass sie jeden der Jungs, mit denen sie in der Pause im Rauchereck rumknutschte, wirklich *haben* wollte. Vielmehr ging's um die Erregung, dass die Jungs *sie, Mareike,* wollten.

Und erstaunlich: Sogar bei den Elft- und Zwölftklässlern hatte sie Chancen. Und machte dann selbst vor Alex nicht halt. Alex, der bei Ellie in der Straße wohnt, Alex, der nicht ahnen kann, dass Ellie schon seit Menschengedenken für ihn schwärmt. Dass Ellie immer schnell zum Fenster tritt, wenn sie hört, wie er drei Häuser weiter sein Moped zündet. Mareike weiß das natürlich. Und es hätte leicht das Ende ihrer Freundschaft bedeuten können, als sie trotzdem anfing, sich mit Alex zu treffen. Ellie sah dann aber nach ein paar Wochen ein, dass sie bei Alex sowieso niemals eine Chance gehabt hätte und Mareike ihr so gesehen auch nicht *wirklich* etwas weggenommen hatte.

Nach einer Stunde Warterei an der stark befahrenen Straße vor dem Hörland sinkt Mareikes Laune trotz Glühwein. Ihre schwarzen, schenkelhohen Stiefel sind vorne so eng, dass sie darin nur eine Seidenstrumpfhose und keine warmen Socken tragen kann; ihre Zehen sind mittlerweile taub vor Kälte. Ellie versucht sie aufzumuntern, kramt einen Witz nach dem anderen aus ihrem phänomenalen Gedächtnis hervor. »Kommt eine Nutte zum Bäcker und sagt …«

»Hey, sieh mal, der LKW da biegt ab, Hamburger Kennzeichen! Los, wir gehn rüber, der fährt zum Hintereingang.«

Zwei Muskelpakete in schwarzen T-Shirts, die aussehen wie Zwillinge, und ein kleiner Bärtiger mühen sich fluchend mit einem Haufen Technik ab, der in die Halle zu schleppen ist. Danach passiert eine Weile gar nichts. Die drei Männer stehen rauchend herum, unterhalten sich und ignorieren Mareike und Ellie völlig. Doch dann hält ein Kleinbus direkt vor dem Eingang.

Mareike erkennt gleich den Gitarristen wieder, dann den pickeligen, stämmigen Drummer. Der Nächste muss der Bassist sein, an den sie sich kaum noch erinnern kann, Bassisten sind immer irgendwie unscheinbar. Und als Letzter steigt tatsächlich der hübsche Sänger aus dem Bus. Jetzt oder nie!

»Hey, hättet ihr was dagegen, wenn wir bei den Proben zuschaun?« Sie weiß, es ist nicht, *was* sie sagt, es ist das Wie: der Tonfall ihrer Stimme, in dem Vielversprechendes mitschwingen muss, der Blick ganz direkt in seine Augen und dabei eine zarte Handbewegung wie die eines davonfliegenden Vogels. Nur wenn alles stimmt, kann sie zaubern, und sie weiß, dass sie wahrscheinlich nur diese eine Chance hat. Später werden Dutzende weiblicher Fans kreischend vor der Bühne stehen und sie, Mareike, wird in der Menge untergehen. Sie hält den Atem an.

Er nickt beiläufig. »Okay, warum nicht.«

Die folgenden Stunden sind alles, wovon sie letztes Jahr nur träumen konnte, als sie mit Ellie in der ersten Reihe das Konzert verfolgt hat – und sich sicher gewesen ist, dass Marc, der Sänger, bei den langsameren, gefühlvollen Songs genau *ihr* in die Augen gesehen hat. Nach dem Konzert haben Ellie und sie noch versucht, die Helfer zu überreden, hinter die Bühne zu dürfen – vergeblich.

Und heute sitzen sie *hier*, auf zwei Klappstühlen, die der dicke Drummer eigens für sie aufgestellt hat, und sind dabei, als die Band nach einem übertrieben langen Sound-Check schließlich jeden Song ihrer brandneuen CD kurz anspielt. Und es ist jetzt keine Interpretationssache mehr – Marc schaut tatsächlich *ihr* in die Augen –, denn außer ihr sitzen nur die männlichen

Helfer und Ellie vor der Bühne. Und Ellie kann dieser gefühlstiefe Blick, bei dem es Mareike jedes Mal die Eingeweide zusammenzieht, unmöglich gelten.

Sie wirft Ellie neben sich einen Blick zu, der besagt: Ist das nicht *mehr* als cool? Ist das nicht *absolut* traumhaft? Ellie verdreht die Augen und tut, als wäre sie angewidert. Und Mareike fällt ein, was sie letztes Jahr nach dem Konzert zu ihr gesagt hatte, als sie wieder auf der Straße standen. Es waren ungewöhnlich harte Worte gewesen aus Ellies Mund. »Wie du dich eingeschleimt hast bei dem Bühnenhelfer, damit der dich hinter die Bühne lässt. Gib zu, du hast dich absichtlich so weit vorgebeugt, damit er dir in den Ausschnitt gucken konnte!«

Na und? Mareike hatte nichts abgestritten. Aber als Ellie sie ein paar Tage später bei einem Streit als »läufige Hündin« bezeichnete, hatte sie ihr kurzerhand eine gescheuert. Ellie war schweigend gegangen, hatte aber seltsamerweise am nächsten Tag in der Schule getan, als wäre nichts gewesen. Sie hatten nicht mehr darüber gesprochen. Egal. Sie lässt sich diesen Nachmittag jetzt bestimmt nicht durch Ellies streng-mütterliches Getue verderben.

Und es kommt noch besser! Die Jungs sind mit den Proben fertig und es bleiben noch fast drei Stunden bis zum Konzertbeginn – Zeit, eine Kleinigkeit essen zu gehen: Ob die Ladies mitwollen? Mareike nickt. Als sie durch die Tür nach draußen treten, legt Marc in einer kurzen Geste den Arm um ihre Schulter.

Klar, dass sie im engen Kleinbus neben ihm sitzt; Ellie sitzt auf der Vorderbank, eingeklemmt zwischen dem Chauffeur und dem dicken Drummer. Mareike spürt, wie sich Marcs Oberschenkel warm an ihren eigenen schmiegt; zwischen ihren hohen Stiefeln und ihrem Minirock ist ein kleines Stück Haut frei, das durch die Seidenstrümpfe hindurch eine elektrisierende Strömung auffängt, die von Marcs Körper ausgeht. Auch er scheint es zu spüren, denn kurz bevor sie auf dem Parkplatz einer billigen Pizzeria halten, liegt für zwei, drei Sekunden seine Hand wie beiläufig dort auf ihrem Bein.

Nachdem sie bestellt haben, dreht sich das Tischgespräch nur noch um die Technik, die Anlage, die Akustik der Halle. Meist spricht Marc, und er bezieht Mareike mit keinem Wort ein. Doch sie sitzen über Eck und unter dem Tisch berühren sich ihre Knie. Mitten in der Diskussion fährt er ihr einmal kurz und grob mit der Hand unter den Rock; niemand scheint es bemerkt zu haben. Von ihrer Pizza bringt Mareike nur die Hälfte runter – die andere Hälfte schiebt sie Ellie zu, die sich lediglich einen Salat bestellt hat. Neben Ellie sitzt der hässliche Drummer und scheint bemüht, eine Unterhaltung mit Ellie in Gang zu bringen.

Auf der Rückfahrt zur Halle steigt Marc erst nach Mareike in den Bus ein – und setzt sich nicht neben sie, sondern neben Ellie. Mareike sitzt jetzt vor den beiden und kann nicht sehen, ob seine Hand etwa auch bei Ellie … unmöglich. Er will sie sicher nur eifersüchtig machen, das ist es. Als sie aussteigen und warten, bis auch noch der Gitarrist und der dicke Drummer sich aus dem Bus geschält haben, schaut Marc Mareike herausfordernd direkt in die Augen, dann ziemlich lange auf ihren Busen. Und bevor er hinter der Bühne verschwindet, zieht er sie ohne Umschweife an sich, küsst sie auf den Mund und sagt: »Okay, Baby, genieß das Konzert, genieß uns einfach.«

Ellie und sie dürfen gleich in der Halle bleiben, das Geld für die Eintrittskarten hätten sie sich sparen können. Bis es losgeht, läuft schon mal Musik aus der Konserve; Mareike ist froh, dass bei der Lautstärke kaum eine Unterhaltung zwischen Ellie und ihr möglich ist. Während sich der Saal nach und nach füllt, behaupten sie standhaft ihren Platz in der ersten Reihe, direkt vor dem Gesangsmikro. *Mehr Glück geht nicht*, denkt Mareike. Und in einem Anfall von Freundschaftlichkeit brüllt sie Ellie über den Lärm der Bässe hinweg ins Ohr: »Und du, findest du den Drummer nett?«

Ellie dreht sich zu ihr und sieht sie trotzig an. »Nein, den Sänger, genau wie du!«, schreit sie zurück. Mareike lacht. Ein Langweiler erscheint auf der Bühne und trägt zur Einstimmung ein paar Songs zu Gitarrenbegleitung vor, bis der gut gefüllte Saal ihn mit einer einzigen Stimme niederbrüllt: »CARPLAY! CARPLAY! CARPLAY!« Der Liedermacher packt gelassen seine Sachen, als ob er das gewohnt ist. Und dann kommen sie endlich im Laufschritt auf die Bühne, die vier, und tosender Jubel bricht aus. Marc hat sich umgezogen und steckt jetzt in schwarzer Lederhose, im Schritt mit zwei Reihen dicker Metallnieten versehen, die den Blick auf sein Geschlecht lenken. Mareike steht direkt vor ihm, seine Stiefel auf ihrer Augenhöhe, sie könnte sie berühren, wenn sie den Arm ausstrecken würde. Marcs Gesicht sieht aus dieser Perspektive anders aus, älter als am Nachmittag; blaue und rote Scheinwerfer tanzen über die harten Wangenknochen. Seine Augen sind weit in die Ferne gerichtet und gleichzeitig konzentriert, wie nach innen horchend, während er zu singen beginnt.

Ihren Lieblingssong, gleich als Erstes ihren Lieblingssong, aber das kann er ja nicht wissen. Während des Gitarrensolos bewegt er anzüglich die Hüften, was die weibliche Saalhälfte mit Johlen und Pfeifen quittiert. Daraufhin reibt er sich in einer kurzen, perversen Geste den Schritt und das Johlen steigert sich. Er hat sein Publikum in der Hand, er ist ein Magier – und er hat sie, Mareike, sicher komplett vergessen. Auch bei den folgenden Songs fällt keiner seiner Blicke nach unten in die erste Reihe. Dann plötzlich umklammert er das Mikro mit beiden Händen und lässt sich langsam auf die Knie sinken. Reißt sich in einer knappen Gesangspause sein T-Shirt vom Leib – und lässt es direkt in Mareikes Hände gleiten.

Also hat er sie die ganze Zeit über wahrgenommen!? Begleitet vom Aufschrei zahlloser Mädchen, verreibt er sich den glänzenden Schweiß auf der Brust, bevor er ins Mikro stöhnt. Er ist ein *Gott*, und er wird *ihr, Mareike*, gehören, später, nach dem Konzert, sie ist sich jetzt ganz sicher. Er kniet jetzt ganz nah am Bühnenrand, zahlreiche Hände aus der ersten Reihe strecken sich nach ihm aus und er lässt es sich gefallen. Auch Mareike berührt ihn am Knie – und da schaut er ihr einen Moment lang direkt in die Augen. Ihre eigenen Knie wollen ihr wegsacken, aber sie drückt sie steif gegen die Bretterverschalung der Bühne.

Nach zwei Zugaben ist es vorbei. Alles Schreien und Klatschen bringt die Jungs nicht ein weiteres Mal auf die Bühne. Ellie neben ihr vergräbt für drei Sekunden ihre Nase in dem schweißnassen T-Shirt, das Mareike noch immer in der Hand hält. Die Menge bewegt sich allmählich auf die Ausgänge zu, und Mareike zieht Ellie zur Treppe an der rechten Bühnenseite. Als ihr unvermittet ein blonder Junge den Weg verstellt und sie aufdringlich anstarrt.

»Hey, du bist es tatsächlich!«, schreit er auf, während sich seine Stimme vor Erstaunen überschlägt. Mareike will ihn schon ärgerlich zur Seite schieben. Aber etwas in seinem Gesicht ... auch ihr entfährt jetzt ein Aufschrei; sie hält sich die Hand vor den Mund.

Tom. Thomas. Tom Sawyer. *Ihr* Tom. Verändert, erwachsen, und doch nicht verändert. Ein leichter Flaum, den man selbst mit gutem Willen nicht als Bart bezeichnen kann, überzieht kleine Teile seines Gesichts. Sie erinnert sich, dass er immer ein Jahr jünger gewesen war als sie. Nur zwei Tage lag ihr Geburtstag auseinander, aber als sie sechs wurde, wurde er fünf, als sie acht wurde, wurde er sieben. Auch, als sie es längst hätte besser wissen sollen, hatte sie noch geglaubt, dass er sie eines Tages einholen würde.

Sie sieht in seinem Gesicht, wie er nach etwas sucht, was er jetzt sagen könnte – vergeblich. Sie schluckt. Tom Sawyer. Bevor sie verstanden hatte, dass Mädchen anders waren, war sie sein Huckleberry Finn gewesen. Und als sie dann verstanden hatte, was Mädchen für Jungs sein konnten, wollte sie genau das für ihn sein. Er hatte ein Baumhaus für sie gebaut, zum Glück nicht sehr hoch über dem Boden. Als das tragende Brett abrutschte, war sie direkt in die Brennnesseln gefallen und hatte drei Tage nicht mit ihm gesprochen. Währenddessen hatte er geschuftet wie ein Irrer – und ihr dann das perfekteste Baumhaus der Welt präsentiert, mit Teppich und altem Essgeschirr, das er vom Dachboden seiner Oma entwendet hatte. Als sie zehn war und er neun, wollten sie heiraten. Dann war er weggezogen. Sie hatten geschworen, sich zu schreiben. Warum hatten sie sich nie geschrieben?

Ellie, die nicht versteht, was zwischen Mareike und diesem blonden Jungen läuft, sagt: »Ich geh schon mal vor, bis gleich.« Aus dem Augenwinkel sieht Mareike ungläubig, wie sie mit dem Aufpasser am rechten Bühneneingang spricht – und der sie tatsächlich durchlässt! Aber dann sagt Tom etwas, was sie schlagartig in eine andere Welt katapultiert. »Hast du deinen Snoopy-Schlüsselanhänger noch?« – O mein Gott, der Snoopy-Schlüsselanhänger!! Einst ihr wertvollster Besitz, er leuchtete im Dunkeln, wenn man ihn vorher unter eine Lampe gelegt hatte. Tom hatte ihn einst heiß begehrt und immer wieder versucht, ihn ihr abzuluchsen. Sie merkt, dass er auf ihre Antwort wartet, und nickt. Er lacht, aber ein bisschen verkrampft. »Ich hätte alles getan damals, wenn du ihn mir geschenkt hättest!«

»Nicht *alles*«, widerspricht Mareike und wird knallrot. Ob er sich erinnert? Sie hatte damals schließlich doch noch eine einzige Bedingung gefunden, unter der sie Tom ihren Snoopy-Anhänger tatsächlich abgetreten hätte: Wenn Tom ihr dafür *seinen »Schniepel« zeigen würde und sie ihn anfassen dürfte*. Aber Tom hatte nicht eingewilligt.

Tom grinst jetzt breit und hat im selben Moment seine Selbstsicherheit zurückgewonnen. »Komm mit, ich will dir etwas zeigen.« Sie drängen mit der Menge nach draußen. Auf der anderen Straßenseite ist etwas an den Pfeiler eines Parkverbotsschilds gekettet, auf das Tom jetzt zustrebt, wobei er sie an der Hand mit sich zieht. Es ist das merkwürdigste Gefährt, das sie je gesehen hat. Eine Art Liegefahrrad mit einem Aufbau vornedrauf, einem zweiten Sitzplatz, der aussieht, als wäre die Schale eines Kinderautositzes dafür verwendet worden – er ist mit dem Rücken zur Fahrtrichtung vor dem Lenker aufmontiert.

Tom deutet mit übertriebener Geste und einer angedeuteten ritterlichen Verbeugung auf sein eigentümliches Fortbewegungsmittel.

»Einmalige Eigenkreation! Wird bald zum Patent angemeldet! Darf ich bitten?« Sie quetscht sich in den engen Sitz, während Tom beim Anfahren versucht, die Balance für sie beide zu halten. Sie kann nicht sehen, wohin sie fahren, sie sieht nur Toms Gesicht gegen die Szenerie der nächtlichen Straßen – zwei Schweißtropfen auf seiner Stirn, während er tapfer in die Pedale tritt. Der Fahrtwind zaust ihr die Haare und bläst sie ihr von hinten ins Gesicht, so dass sie sie mit beiden Händen festhalten muss. Als es bergab geht, entspannt sich Toms Gesichtsausdruck und er strahlt sie an. »Genau so muss es sein.«

Sie nickt und breitet beide Arme aus wie zum Flug.

Ellie sieht seit Tagen bleich aus. Sie waren sich in der Schule aus dem Weg gegangen, so gut es ging. Dann laufen sie sich plötzlich nachmittags mitten auf dem Marktplatz über den Weg. Mareike stellt laut fest, dass Ellie *furchtbar* aussieht! »Ich weiß. Kann nachts nicht mehr schlafen«, sagt Ellie. So schrecklich verliebt ist sie. Und vor allem hat sie Angst, schwanger zu sein. Mareike zieht die Augenbrauen hoch. »Von *Marc*?« Ellie nickt und sieht plötzlich aus, als erwarte sie eine Ohrfeige. »Wird bestimmt ein niedliches Baby«, sagt Mareike, aber ohne jegliche Gehässigkeit im Tonfall. Tom ist wieder da. Ihr Tom. Und selbst wenn Ellie mit Robbie Williams ins Bett ginge – was juckt sie das jetzt noch?

Susanne Vogel studierte Soziologie, Psychologie und Germanistik. Sie war zunächst in einer psychotherapeutischen Praxis, dann bei der Welthungerhilfe tätig, ehe sie längere Zeit in Indien verbrachte. Seit 2001 arbeitet sie an einem Roman, der fast fertig ist. Wenn sie nicht schreibt, jobbt Susanne Vogel in Büros und im Verkauf.

Stefan Wimmer

Ich weiß, was ich letzten Sommer getan habe

»Es ist der *minneclîche wân*, die Gewissheit der Ungewissheit und Vergeblichkeit, *minne* zu empfangen, die das Perpetuum mobile des ritterlichen Dienstes immer wieder antreibt.«

Otfrid Ehrismann: *Ehre und Mut, Aventiure und Minne.*

Bine (22): Badenserin mit winzig kleinem Schlitzmund, Meg-Ryan-Fransen und dem Gesicht eines hutzeligen Tiers. Eine Bekannte hatte sie mir vorgestellt, um uns miteinander zu verkuppeln. Die beiden wollten an diesem Sommerabend unbedingt in den komplett leeren Raum Rot, wo nur die Barkeeper herumstanden und brutal lauter House peitschte. Das Gute an der House-Musik war, dass sie Bines Erzählung, wie sie von ihrem letzten Freund jahrelang psychisch gefoltert worden war, fast völlig übertönte. »Warum verlassen wir nicht diesen schrecklichen Ort und setzen uns mit einer Flasche Wein ans Isarufer?«, schlug ich vor. Bine vertröstete mich auf nächste Woche, in der sie als Katzensitterin in Maisach für fünf Euro pro Nacht arbeiten musste.

Hallöle, schrieb sie, *heut werd i in Maisach bleibe, damit si die Miez an mi gwöhnt.* Dann: *Für Dienstag muss i leider absage. War eben beim Tierdoc, Miez wird operiert. Sorry, muss nu Rinderherzle schneide.* Weiter: *Heut bin i au mit dem Tierle verplant. So is die Miez in ihrem Lebe no ned verwöhnt worde. I geb ihr Leckerli, Streicheleinheiten und Kuschelfellmäuse zum Spielen.*

Obwohl ich den Dialekt schon als stark ehrenrührig empfand, ließ ich mich zu folgender SMS hinreißen: *Werde ich auch mal mit Kuschelfellmäusen verwöhnt?* Drei Tage später wurde ich aufgeklärt: *Du, i glaub, wir lasse den Kontakt lieber. Dei letzte SMS war mir echt zu krass.*

Gloria (29): Überraschung! Eine ehemalige Kommilitonin, die ich immer sehr hübsch gefunden hatte, schickte mir plötzlich eine E-Mail: *Ich erinnere mich so gern an unsere gemeinsamen Seminare! Du bist jetzt Redakteur, habe ich gehört. Melde dich, ich würde dich so gern wiedersehen!* Als ich sie anrief, wurde ihre Sehnsucht präziser: »Weißt du, ich und mein Freund, wir sind ja nun schon seit Jahren Schüler bei dem englischen Yoga-Meister C., und wir bekommen bald selbst von ihm den Yoga-Meister-Schein, der Typ ist einfach der Irrsinn, als wir bei der Schulung in seiner Londoner Villa waren, machte uns Sting die Tür auf, da kippst du einfach aus den Schuhen, wenn du das siehst, und ich und mein Freund, wir kümmern uns um seine PR in Deutschland. Also: Hättest du nicht mal Lust, über den eine Geschichte zu schreiben? (*Zwanzig Minuten später …*) Ja-ja-ja, aber wenn du kein Interesse hast, dann kennst du sicher viele Leute, die Interesse haben und …« Ich versicherte ihr, dass ich publizistisch alles

Menschenmögliche für Stings Yoga-Meister tun würde, und speicherte ihre Nummer sofort unter »Immer umleiten«.

Suzanna (26): Gazelle mit geschlitztem schwarzem Seidenkleid und Stöckelschuhen. Sie saß bei der WM-Übertragung in der Cafeteria der Musikhochschule, die Beine teuflisch schön übereinander geschlagen. Ich hätte auf Cellistin oder Geigerin getippt. Zufällig hing ihr Foto bei einem Tutorenaushang am schwarzen Brett, so gelang es mir, ihre Telefonnummer zu recherchieren. Daraufhin SMS geschickt: *Ein geheimnisvoller Fremder würde dich gerne kennen lernen …* etc. Ein leidvolles Geplänkel begann: *Wie weißt du überhaupt meinen Namen? – Woher willst du wissen, dass du mir gefällst? – Warum bleibst du anonym? Damit verringerst du deine Chancen!* Nachdem ich ihr durch ein paar erklärende SMS Vertrauen eingeflößt hatte, kam der Durchbruch: *Na gut, morgen auf einen Drink.* Am folgenden Tag Panik: *Gestern gab's heftigsten Stress mit meinem Freund, weil er deine SMS gelesen hat! Sorry, aber so was kann ich zurzeit echt nicht brauchen! Das war eine blöde Idee, bitte schreib nie wieder!* Ich schrieb ihr postwendend den Liedzyklus »An Deine Liebesgrotte« (I–XCII) zurück.

Tatjana (21): Grazile Lettin aus Riga mit flammend roten Haaren und halbwahnsinnigem Kichern. Ich schleppte sie von der Fußgängerzone weg direkt in die Favorit Bar, wo sie sich peepshowartig auf dem Sitzpodest räkelte. Eine halbe Stunde später musste sie gehen, weil mysteriöse »Leute« in noch mysteriöseren Wohnungen auf sie warteten. In den folgenden

Wochen erreichten mich SMS-Nachrichten aus Freiburg, Köln, Zürich, Bochum: *Dein Blick verfolgt mich die ganze Zeit. Das ist Hexerei! – Deine Stimme ist immer mit mir, du bist ein Zauberer! – Diese Sehnsucht nach dir zerreißt mir das Herz! Wann darf ich zu dir kommen? – Ich vermisse dich schrecklich! Wie gerne will ich zu dir entführt werden!*

Bewandert in Psycholinguistik zog ich den Schluss, dass es sich um vorfabrizierte Sammel-SMS-Anheizer handelte, die außer mir noch einige andere Adressaten erhielten. Ich lud sie ein paarmal nach München ein, aber es kamen immer durchtriebene Absagen: *Diesmal geht es nicht – leider! Bin beim Bergsteigen im Oberengadin. Sechs Männer und ein Mädchen – ich! Berge sind meine Leidenschaft.* Der Hüttenzauber hätte mich doch interessiert.

Priscilla (24): Hübsche antillanische Sängerin mit Rehaugen und Afrowuschelkopf. Ihr CD-Debüt *I Remember Love* fand in der Jazzwelt großen Anklang. Ich ging mit ihr um Mitternacht ins »Tabacco«, kurz nachdem sie mit dem neuen Product Manager ihrer Plattenfirma ein Dinner gehabt hatte. Verstört zeigte sie mir die SMS, die er ihr seit diesen Stunden geschickt hatte. 23.30 Uhr: *Wenn wir die Brass-Section pushen, wird* Starlight Walk *ein echter Burner.* 23.35 Uhr: *Du grippst einfach, ich kann dich nicht vergessen!* 23.40 Uhr: *Ich muss dich heute Nacht einfach noch sehen, um den Remix zu besprechen!* 23.45 Uhr: *Kennst du dieses To-The-Limit-Gefühl, wenn man sich in jemanden frisch verliebt?* Darauf kam einige Stunden keine SMS mehr, bis er um 2 Uhr offenbar neue Inspiration gefunden hatte: *Ich möchte dich in den Arsch ficken.* »Die SMS heb ich mir für den Fall eines Vertragsbruchs auf«, sagte Priscilla. »Einfach ekelhaft.«

Zwei Wochen später erzählte sie mir, dass der Manager sie letzte Nacht besucht hatte, mit leicht veränderter Taktik: *Ich steh vor deiner Tür mit dem verschollenen Nina-Simone-Album! Es ist einzigartig wie du!* »Damit hat er mich rumgekriegt!«, meinte Priscilla. Eine Weile fummelten sie auf dem Bett herum, doch da Priscilla sich gegen den Geschlechtsverkehr sträubte, steckte ihr der Product Manager seinen Finger in den Po, holte sich einen runter und verließ verärgert die Wohnung. Ich schwieg. Eigentlich wollte ich sagen, dass man ihrer nächsten CD statt so abgeschmacktem Mist wie *Starlight Walk* dann doch endlich einmal einen zeitgemäßeren Titel geben könnte: Zum Beispiel *Groovin' With A Finger In My Ass*, wobei der Titelsong natürlich von einer besonders verzinkten Brass-Section gepusht werden müsse. Ich hab den Vorschlag aber für mich behalten.

Doreen (23): Burschikose, nette Fränkin mit Dauerwelle, die in einem Schwabinger Käseladen verkauft. Am Abend fragte sie mich nach meiner Handynummer. 19.32 Uhr erste SMS: *Lieb grüßelt die Käsetheke. Was machst du heute Nacht?* Perplex antwortete ich, dass ich schon verabredet sei und sie morgen anrufen werde. 19.34 Uhr: *Das will ich schwer hoffen!* 19.35 Uhr: *Lass uns chatten, bis du deine Verabredung hast!* 19.37 Uhr: *Dies ist eine SMS-Bombe von der Käsetheke. Auftrag: Süßes Zielobjekt bombardieren! Code angenommen, Anzahl: 100, Start in: 3 Sek.* Mittlerweile hatte ich kalte Schweißausbrüche. 19.41 Uhr: *Haha, ich bin jetzt im Bauchtrainer, komm doch später in der Nacht vor-*

bei! 19.42 bis 20.30 Uhr: 15 weitere SMS, die in der Drohung gipfelten: *Bleib ja brav mit deinem Date, das rat ich dir!* Natürlich war es verlockend, den totalen Machtkick auszuleben (»Knie dich im Flur hin und beweg dich nicht. Daddy kommt um Mitternacht!«). Aber dann stellte ich mir vor, wie sie mir während des Eisprungs mit ihren von den Käselaibern trainierten Fäusten den Pariser wegreißt, und verwarf meine Allmachtsfantasien.

Cio (29): Sie stand in der Favorit Bar hinterm DJ-Pult, Kaugummi kauend, das Gesicht unter ihrem Helmschnitt wie aus Stahl. Wenn sie die Knöpfe an den Reglern herumschnalzte, wurden ihre Gesichtsmuskeln noch härter. »Alles clean?«, sagte sie. »Ihr lebt ja wirklich in so 'ner tranigen Stadt! Wenn ich in Berlin aufleg, kommen zu meinem Set 1000 Leute!«

Ein paar Wochen später lud ich sie auf einen Drink ein. *Leider mom. k. zeit*, schrieb sie, *Im U-Schall gesp. = 0,0 Schlaf. Fühl Spaß.* Zweiter Versuch: *Steck tief drin, muss d. Bass-Line u. Breaks komp.! Sonst a. clean?* Dritter Versuch: *Bin divers verplant i. Tube: Nonstop-Lifeacts. Lester spielt da. Ich kenn die alle. Smile.* Weil ich ein paar Monate in Berlin verbringen wollte, setzte ich mich nochmals mit ihr in Verbindung: »Hey, Zufall! Meine Freundin ist DJane, die vermietet 'n Loft!«, sagte Cio. »Da muss aber von deiner Seite alles clean ablaufen! Also keine Rumscheißerei mit der Kohle, meine Freundin hat da schon schlechte Erfahrungen gemacht!« Ich zog nach Berlin, und zwei Wochen später trieb mich die Hausverwalterin aus der Wohnung, weil die Freundin, die sich mit meiner Kaution und Miete nach Ibiza abgesetzt hatte, zu Untermietsverträgen nicht berechtigt war. Vor dem Rausschmiss habe ich mit dem Gedanken gespielt, das zurückgelassene Mischpult samt Platten mit Benzin zu übergießen, mir eine Zigarette anzuzünden und *Leider ist nicht alles so clean abgelaufen wie vorgesehen* an die Tür zu kritzeln.

Vivian (26): Kindererzieherin mit »sentimentalischen« (Schiller-)Augen, Wespentaille und brünetten Löckchen bis zum Hintern. Am Föhringer See setzte sie sich in einem extraknappen Hotpant-Bikini neben mich – mit der Klage, dass sie seit zwei Monaten nach Sex lechze. Ich rieb mir die Ohren und hörte nochmals die Vollversion: »Ich liebe diesen Mann abgöttisch! Von der ersten Sekunde an wusste ich, dass ich ein Kind mit ihm haben will. Und jetzt seit zwei Monaten läuft er davon, weil er sich um seine Familie Sorgen macht. Er geht nicht mehr mit mir ins Bett, seit neun Monaten, weil er verhindern will, dass ich schwanger werde! Und seine Frau bekommt dagegen schon wieder ein Kind von ihm! Aber das wird er bitter bereuen! Ich werde ihm bald zeigen, was Verlust bedeutet!«

Auf meine Einladungen zum therapeutischen Grillen an der Isar hat sie mit SMS geantwortet, die in ihrem Befehlston wahrscheinlich die normale Sprechweise in Kindergärten war: *Das kannst du vergessen! – Nein! Akzeptiere meine Entscheidung! – Habe wirklich was Besseres vor!* Gott gnade der Ehe ihres Opfers.

Isabelle (30): Schlanke Journalistin mit Fieberblick und einer dunklen Vergangenheit als Club-Med-Animateurin. Nach ihrer SMS *Gehste mit mir auf ne Party?* öffnete sie die Wohnungstür in roten Leder-Hotpants und durchsichtigem Chiffonhemd, unter dem ihr ebenfalls lederner BH zu sehen war. Der Abend beginnt interessant, dachte ich. Auf der Party in dem stillgelegten Heizwerk, die wir besuchten, stürmte sie sofort die Tanzfläche und wirbelte dort herum. Ich blieb an der Bar und beobachtete, wie ihre Augen jedem männlichen Wesen unablässig Signale zublinkten. Die Dynamik war verblüffend: Bald bildete sich um Isabelle ein Ring von Interessenten, die Fruchtbarkeitstänze vollführten, die sonst nur von Boygroups oder schwulen Strippern getanzt wurden.

Alle zwanzig Minuten brach Isabelle aus der Umzingelung aus und stürzte zu mir an den Tresen: »Rette mich!«, rief sie dann. »Die wollen alle was von mir!« Nachdem ich bis zwei Uhr morgens keine Anstalten gemacht hatte, mich zu engagieren, lud sie mich – schon stark angetrunken – in ihr Schwabinger Apartment ein. Dort lagen wir auf dem Bett, wo sie das Lederhöschen in einen Seidenkimono vertauschte und mich küsste. In Abständen wanderte ihre Hand in meine Boxershorts. »Oooch nein!«, flüsterte sie und ließ die Hand wieder wie ein Zauberer im Kimonoärmel verschwinden. »Sooo gut kennen wir uns nun wirklich noch nicht!« Wie sie hingegossen vor mir lag, war mir, als hörte ich einen leisen, von weit her kommenden Gesang: *»Iiiich biiiin von Kopf bis Fuß auf Verarschung eingestellt, / denn das ist meine Welt / und sonst gaaaar niiichts.«*

Zwei Stunden lang hinderte sie mich mit ihren Fummelspielchen am Einschlafen, dann sprang ich auf und riss ihr den Kimono runter. »Neeeiiin«, brüllte sie. »Tu's nicht! Ich bin schwer krank! Ich hab 'nen Herzfehler!« Ich zog mich an und ging, in stiller Bewunderung für ihre geniale Deeskalationsstrategie. Zwei Tage später sah ich sie in ihrem Auto an der Ampel, hundert Meter von ihrem Hauseingang entfernt. Neben ihr saß ein Mann, der naiv in sich hinein lächelte, ganz offensichtlich aus Vorfreude auf eine heiße Nacht. »Gehen Sie da um Himmels willen nicht rein!«, flüsterte ich ihm durchs Beifahrerfenster zu. Er wollte etwas nachfragen, doch sie hatte das Fenster blitzschnell hochfahren lassen.

Dorle (35): Ich lernte sie an einem brütend heißen Julinachmittag auf einer Grillparty am Isarufer kennen. Sie war Augsburger Krankenschwester, kleinwüchsig, drollig und mit fast orientalischem Teint. In einem Schottenrock mit Kniestrümpfen und Timberland-Stiefeln saß sie auf der Decke im Gras und klimperte mich mit ihren Schlafzimmeraugen an. Nachdem unsere Steaks aufgegessen waren, lud ich sie und ihre Freundin in die Schoppenstubn ein und spendierte dort literweise Süßwein, von dem Dorle behauptete, dass auf seinem Etikett zur Warnung eigentlich »gefügig« statt »lieblich« stehen müsse. Als sich wegen des Alkoholgehalts die Objekte um mich herum bald verdreifachten, flüsterte mir Dorle ihre Adresse ins Ohr, die ich später aufsuchte. Es wurde die schönste Liebesnacht meines Lebens, und ich war zum ersten Mal seit Jahren wieder im siebten Himmel.

Zwei Wochen später, in denen wir jeden Tag gemeinsam durch Münchens Nachtleben zogen, machte ich ihr in der Schoppenstubn nach einem gewissen Kontingent an »Gefügig«-Weinen einen Heiratsantrag: »Wir sind wie die Kerzen der Schoppenstubn«, meinte ich abschließend. »Wir brennen nicht so lange, und wir sollten was aus unserem Leben machen!« Dorle sagte ja zu meinem Antrag, erbat sich aber aus, vor der Heirat noch ihre lang geplante Weltreise in Angriff zu nehmen. Da ich gerade einen festen Job hatte, versprach ich, auf sie zu warten. In den folgenden Wochen erreichten mich Reisegrüße wie diese:

Sri Lankan People sind wirklich nett, alle wissen meinen Namen schon, und man muss immer total viele Fragen beantworten, z. B. wo mein »Boyfriend« ist.

Im Meditationskurs in Dambula hab ich einen Holländer kennen gelernt. Der hat heute um 6.00 Uhr (!) an meiner Tür Sturm geklopft, von wegen er hält es ohne mich nicht mehr aus. Den musste ich echt bremsen.

In Unawatuna sind noch ein paar holländische Surferboys da, und ich hab mich noch keine Sekunde allein gefühlt. Ansonsten bin ich dir nach wie vor total treu, obwohl das Angebot natürlich extrem ist.

Bin immer noch in Ko Pangan und lass es mir verdammt gut gehen. Gestern war der Massagekurs und ich hab's schon ausprobiert an diversen Leuten. Die Begeisterung war enorm.

Bevor ich mein erstes Bier mit den Holländern trinke, schreib ich dir noch schnell ein paar Zeilen: Klar bin ich hier auch ziemlich beschäftigt, aber ich denke immer noch bei allem, was ich so mache (ja, bei allem!) an dich.

Also Byron Bay ist schon einfach fucking brilliant (so sagen die Holländer). Ich kann's manchmal kaum erwarten, in deinen Armen zu liegen und dir meine Geschichten zu erzählen, die mittlerweile uferlos sind …

»Erzähl sie mir lieber nicht«, schrieb ich und holte sie auch nicht vom Flughafen ab, als sie ein halbes Jahr später nach München zurückkam, den Holländer im Schlepptau und schwanger. Auch die Schoppenstubn habe ich seitdem gemieden, weil der Wein dort zweifellos einen gefährlichen, kaum zu kontrollierenden Wirklichkeitsverlust hervorruft.

Julia (29): Ein hübsches brasilianisches Callgirl mit Ledermantel und Schottenrock, das mich vor meiner Abreise aus Lissabon im Hotelzimmer besuchte. Sie war blass und hatte einen glatten, steinölfarbenen Topfschnitt. Auf Portugiesisch erklärte sie mir, dass Küssen tabu sei. Auf dem Bett streichelten wir uns, und irgendwann musste sie wohl ihr Verbot vergessen haben, weil ihre Zunge an meinem Mund herumzulecken begann. Am Morgen wartete sie mit mir auf das Taxi zum Flughafen.

Zwei Tage später, als ich mit Berger im Biergarten saß, kam eine SMS: *Mir hat die Nacht mit Ihnen sehr gefallen. Wann kann ich Sie wiedersehen? – Komm nach München, ich lad dich ein*, schrieb ich zurück. »Nur du kannst sie retten!«, kicherte Berger, Spareribs mampfend. Nach Stunden der Spannung kam die Antwort: *Ich bin sehr traurig, wahrscheinlich mögen Sie mich jetzt nicht mehr, aber es gibt kein Ticket für diesen Monat.* Mittlerweile war ich entfesselt: *Nimm ein Ticket erster Klasse!*, schrieb ich. *Ich bezahl's!* »Auch wenn die ganze Welt gegen euch ist, du musst auf ihrer Seite stehen!«, schrie Berger. *Montags komme ich zu Ihnen!*, antwortete sie.

Bis Sonntag gab es keine Nachrichten von ihr, also rief ich an: Im Hintergrund hörte ich laute Autogeräusche, dann das mürrische Dazwischenfahren einer Männerstimme, schließlich brach die Leitung ab. Für den Fall, dass die Männerstimme einem Zuhälter gehörte, schrieb ich in einem unverfänglichen Code: *Findet das Finale Deutschland–Brasilien montags statt?* Tage später kam die Antwort: *Welches Finale? Wer schreibt? Ich weiß nicht, was Ihre SMS bedeuten soll.*

Babsie (23): Freiburger Jurastudentin mit Pferdeschwanz, Bierfasspo und großporigem, gelangweiltem Gesicht. Ich lernte sie mit ihrer kurdischen Freundin in der Favorit Bar kennen. Ihre Freundin ging in der Menge der Gäste verloren, Babsie kam überraschenderweise mit zu mir nach Hause. Ich hatte ihr halluzinogene Pilze in Aussicht gestellt, von denen noch ein Päckchen bei mir zu Hause lag. Beim Eintritt in meine Wohnung machte sie ein verärgertes Gesicht, weil sie offenbar vom Redakteur einer Männerzeitschrift ein wallpapermäßiges 200-Quadratmeter-Loft erwartet hatte. Wir teilten die Pilze, danach rutschte sie unbehaglich auf dem Bett herum und las in alten Zeitschriften. Langsam begannen die Pilze zu wirken und ihre Haut sah immer stärker wie verschimmelter Teig aus. Als sie am Boden meine Machete entdeckte – ein Souvenir aus Mexiko, das mir als Wurstmesser dient –, sprang sie auf und schrie etwas von geronnenem Blut auf der Schneide. Sie flüchtete aus meiner Wohnung, während ich mit meinem CD-Player über Marx' Frühwerk diskutierte.

Birgit (31): Wie zufällig rief sich meine erste Liebe wieder in Erinnerung: *Man vergisst vieles, aber nie, mit wem man zum ersten Mal Sex hatte*. Sie war Arzthelferin geworden und immer noch hübsch: Zwergenwuchs, Bubikopf, teurer Ledermantel, Stilettos. Ihr langjähriger Freund hatte sich vor ein paar Monaten von ihr getrennt und war daraufhin in Malaysien unter ungeklärten Umständen ermordet worden. »Da Ritchie hat mi verlassen«, sagte sie, »unbedingt hat er weg wollen, sowos is nie gut für die Gesundheit, des kann leicht ins Auge geh.«

Da wurde mir zum ersten Mal mulmig. Ein paar Drinks später fuhren wir zu mir und stiegen mit einer Flasche Havana Club in die Badewanne. Nach kurzer Zeit robbte sie auf mich drauf, legte ihren Kopf auf meine Brust und fing dort zu saugen, knabbern und schlecken an. »Sag mal, nimmst du eigentlich die Pille?«, fragte ich (*Schweigen und Plätschern*) – »Naaaa, wiesooo?« – »Du hast doch nicht etwa zufällig deine gefährlichen Tage?« – (*Noch längeres Schweigen*) »Doooch, schooo!« Ich sprang sofort auf – im Kopf Visionen einer Spermienvorhut, die in der warmen Badelauge auf ihre Gebärmutter zuglitt –, zog den Stöpsel, packte den Brausekopf und stellte ihn auf äußerste Strahlhärte: »Rasch!«, schrie ich, »wir müssen hier sofort raus!« Am Morgen habe ich sie ertappt, wie sie meine durchlöcherten Socken aussortierte und die Wohnung schrubbte. Mittags setzte ich ihrem Treiben ein Ende.

Nina (29): Geschäftsführerin in einem Bogenhausener Nobelrestaurant. Ich hatte ihr mal eine Karte geschrieben, weil ich mich an die Zeit erinnerte, wo sie in meiner Lieblingsbar als rotbäckige Bedienung unter den Kronleuchtern herumwuselte. *Komm doch einfach mal auf 'nen Cocktail im Laden vorbei!*, war die Antwort.

Der Abend der Einladung war bizarr: Ich fand sie in der hintersten Tresenecke, wo sie über einem Berg von Kassenauszügen kauerte und Bilanzen schrieb. Aus der Nähe betrachtet, war ihr Gesicht uralt und ausgepowert. Mein eigenes Gesicht in den Fin-de-Siècle-Spiegeln sah noch schlimmer aus. Ich trank zwei Daiquiri und versuchte, irgendwie das Gespräch am Laufen zu halten. »Hast du nie daran gedacht, mal was ganz anderes zu machen, in einem ganz anderen Land?«, fragte ich. Sie sah mich empört an: »Du brauchst nicht glauben, dass ich keine Auslandserfahrung hab! Zwei Jahre war ich mit meinem Freund in Paris, diese Momente waren wunderschön, davon hast du gar keine Ahnung und ...« Ich verqualmte den Rest meiner Zigaretten, sie ist dann zur Wurstinventur hinter eine Vitrine entwischt.

Stella (34): Der große Schwarm meiner verpfuschten Uni-Laufbahn: Strohblonde Haare, Baroness-Gesicht und Augen wie blaue Pelikan-Tinte. Sie war nach Düsseldorf gezogen, wo sie in einem Verlag für Oldtimer-Lokomotiven-Bücher arbeitete. Im Mai kündigte ich mich für einen Besuch an. *Schön, dass du noch Gedanken an mich hegst*, schrieb sie. *Wann immer du willst – mein Gästezimmer ist frei.* Sie sah umwerfend aus, noch schöner als vor zehn Jahren, und ich hätte fast gesagt: »Madame, Sie sind so heiß wie eine 1933-Ferrum-Schlepptender-Lok!« Dann erfuhr ich, dass sie gerade ihren Freund verlassen hatte. »Meine Eltern halten ihn für eine Niete, und sie haben gedroht, mir mein Erbteil an der Côte d'Azur zu streichen. Da war ich mir halt doch selbst die Nächste!« – »Hast du ihn geliebt?« – »Ja, von der Chemie her stimmte es perfekt. Er kennt meine abgründigsten Wünsche.« Am nächsten Morgen wühlte ich mich in ihren Schränken durch Hunderte von Schaftstiefeln, Krokostilettos und Wildlederröcken, fand aber keine Anhaltspunkte für Abgründe. *Ich bin langsam dabei, mich in dich zu ver-*

lieben, schrieb ich ihr. *Manch anderer braucht dafür nur einen Augenblick*, war die Antwort.

In der letzten Nacht machte sie für mich ein Candle-light-Dinner. Mit Goldpuder auf den Wangen spielte sie Piano, während eine Seezunge in der Backröhre brutzelte. Plötzlich klingelte es an der Tür. Ein Riese mit hängenden, haarigen Pranken stampfte ins Zimmer. Er sah aus wie einer dieser geistig zurückgebliebenen Alpentriebtäter, die bei ihren Gefühlsexplosionen sagenhafte Kräfte entwickeln konnten. »I-i-ich lasse mir d-d-das von deiner Familie nicht bieten«, stotterte er. »D-d-das werden wir erst noch sehen, ob ich ausziehe! Was macht eigentlich dieser Typ hier?« Stella sprang auf, um ihm die für mich bestimmte Seezunge zu servieren, aber er schleifte sie einfach am Handgelenk ins Schlafzimmer. Ich blieb zurück und sinnierte darüber, was »von der Chemie her« nun vor sich ging.

Natalya (26): Russin mit breitem, halbwegs intelligentem Bauerngesicht. Sie saß mit zwei Freundinnen im Sausalitos, dick geschminkt und in Tank-Tops und Hüfthosen mit Nietenleisten gezwängt. Jedes der Mädchen hatte zwei Handys vor sich auf dem Tisch liegen. Wenn die Handys nicht klingelten und vibrierten, starrten sie sie strafend an. Ich fragte sie, ob sie in München studieren oder arbeiten, aber sie schnaubten nur, so als wäre das eine wie das andere eine Beleidigung. An einem trüben Tag habe ich die Hübscheste der drei Grazien angerufen. Während des Telefonats gähnte sie unablässig, ihre Müdigkeit schrieb ich nächtlichen – natürlich dubiosen – Aktivitäten zu. »Vielleicht ich rufen an«, meinte sie. Vier Wochen später schickte ich ihnen aus der Badewanne zum Spaß folgende SMS:

Smirnoff und ich sitzen hier am Swimmingpool unseres Penthouses, nur ihr fehlt noch! Daraufhin hat sie mir allen Ernstes *Wo, zahlt ihr Taxi*? zurückgeschrieben.

Stefan Wimmer arbeitete drei Jahre als freier Journalist und TV-Producer in Mexico City, bevor er für zwei Jahre Redakteur bei einem deutschen Männermagazin wurde. Heute arbeitet der gebürtige Münchner als freier Autor und Journalist für Zeitschriften und Zeitungen. Er hat bereits einen Band mit Kurzgeschichten veröffentlicht.

Patricia Kessler

Fräulein Leopold macht klar Schiff

Das war's, dachte Trude Leopold, als sie ihrer Nachfolgerin den Schlüssel aushändigte. Jetzt gibt es kein Zurück mehr, sagte sie sich in der Bahn und straffte die Schultern. Jetzt bin ich also weg, seufzte sie und lächelte tapfer, als sie die Wohnungstür aufschloss.

Sie öffnete ihre Aktentasche, holte ihre Unterlagen heraus und begann, sie systematisch in verschiedene Ordner zu sortieren.

Drei Jahre lang hatte sie nun als Sekretärin an einem kleinen Institut der Universität zu S. gearbeitet. Ihr Chef, Herr Professor Doktor Klemp, hatte selten Grund gehabt, sich über sie zu beschweren. Sie arbeitete fleißig und sorgfältig, aufmerksam und unaufdringlich. Der Herr Professor war ja recht altmodisch in diesen Dingen; vielleicht nannte er sie deshalb hartnäckig »Fräulein Leopold«. Ihn darauf hinzuweisen, dass diese Anrede nicht mehr zeitgemäß war, hatte sie bis zuletzt nicht gewagt.

Immerhin besaß sie sein Vertrauen.

Fräulein Leopold besaß auch einen Hund. Er ging ihr bis zur Wade, und dort hinein zwickte er sie gelegentlich. Ihre Mutter, der es zu mühsam geworden war, ihn täglich auszuführen, hatte ihr das Tier vermacht: »Ich bitte dich, Trude – in *meinem* Alter …!«

Schließlich hatte Trude Leopold noch einen Freund in M.

Sie hätte es schlimmer treffen können. Er nannte sie »Mäuschen« und ließ sie für eine geringe Mietzuzahlung in seiner Zweitwohnung in S. wohnen. Dabei kamen beide gut weg: Sie wohnte günstig, und er konnte sie von der Steuer absetzen. Wenn sie am Wochenende einmal nicht zu ihm nach M. fuhr, blieb sie meist allein in S. Dennoch sprach sie noch immer von »seiner« Wohnung. Er hatte sie ja auch ausgesucht.

Die Kündigung war seine Idee gewesen. »Mäuschen«, hatte er gesagt, »ich bin das ständige Hin- und Herfahren leid. Warum kündigst du nicht und ziehst nach M! Einen Job findest du auch hier, Sekretärinnen werden schließlich für jeden Mist gebraucht. Du könntest dir ja fürs Erste ein eigenes Zimmer nehmen, und wenn es mit uns beiden weiterhin klappt, dann ziehst du zu mir. Na, was sagst du?« Fräulein Leopold hatte darüber nachgedacht: Es klang vernünftig.

Also suchte sie in den Lokalzeitungen, die ihr Freund fortan aus M. schickte, nach Stellenanzeigen. Tatsächlich fand sie bald ein Angebot bei der Versandabteilung einer Tierfutterkonservenfabrik. Als »erfahrene Sekretärin« und »gepflegte Erscheinung« fuhr sie kurz darauf zum Vorstellungsgespräch nach M.

Das erste Gespräch war sehr gut verlaufen. Ihr zukünftiger Chef, ein rotgesichtiger Herr mittleren Alters, fand offensichtlich Gefallen an ihrer gepflegten Erscheinung. »Gnädiges Fräulein, sie sind ja noch so jung!«, hatte er ausgerufen, als sie ihm gegenüber

Platz genommen hatte. Am Ende hatte er ihre Hand geschüttelt: Das zweite Gespräch sei nur noch eine Formsache.

Eigentlich war Fräulein Leopold bereits Mitte dreißig, aber es kam schon mal vor, dass sie ganze zehn Jahre jünger geschätzt wurde. »Von wegen gut gehalten!«, dachte sie dann, nur wenig geschmeichelt angesichts der Vorstellung, noch immer als unscheinbare Mittzwanzigerin durchzugehen, weder dick noch dünn, weder blond noch dunkel, weder groß noch klein. Sie wusste ja, es war ihre Unsicherheit, die sie jünger erscheinen ließ und die umso stärker zum Vorschein kam, je mehr sie sie hasste. Mittlerweile hatte sie begonnen, auch die Studenten zu hassen, die im Alter von gerade mal zwanzig Jahren so schrecklich selbstbewusst ihr Büro betraten, um ihre Scheine anzufordern. Ihre eigene Stimme wurde auch nach drei Jahren noch schrill vor Aufregung, wenn sie am Telefon mit dem Dekan oder gar mit dem Herrn Universitätsdirektor sprechen musste.

Herr Professor Klemp war über ihre Kündigung alles andere als erfreut gewesen. Er hasste solcherlei unerwartete Unbequemlichkeiten. Und nun gar das nette Fräulein Leopold! Was sie sich eigentlich dabei denken mochte! Am Ende schrieb er in ihr Arbeitszeugnis, sie habe sich »stets sehr bemüht«. Aber, so tröstete sich Trude, das stimmte ja eigentlich auch. Und den neuen Job hatte sie sowieso schon in der Tasche. Morgen würde sie nach M. fahren und ihren Vertrag unterschreiben.

Nun fing also ein neues Leben an, sozusagen.

Trude Leopold konnte sich das kaum vorstellen. Überhaupt hatte sie zeitlebens recht vage Vorstellungen von ihrem Leben gehabt. War schließlich Sekretärin geworden, ohne groß darüber nachzudenken. Sie hatte keinen Grund, unzufrieden zu sein, denn – wie ihr Freund richtig bemerkt hatte – Sekretärinnen wurden immer gebraucht. Und gebraucht zu werden, das war doch recht eigentlich das Wichtigste, das fand zumindest Fräulein Leopold.

Nachdem sie alle Unterlagen abgeheftet hatte, griff Trude Leopold nach der billigen Stofftasche, die sie heute mit zur Universität getragen hatte.

So ein neues Leben musste ja eigentlich begossen werden. Fräulein Leopold hatte deshalb an ihrem letzten Arbeitstag drei selbst gebackene Kuchen und dazu eine Flasche Sekt für die Kollegen mitgebracht. Wenn man es genau nahm, war »Kollegen« zwar nicht der richtige Ausdruck; zumindest hätten sich die Herren Professoren ebenso wie der akademische Mittelbau dagegen verwahrt, mit Fräulein Leopold in einen Topf geworfen zu werden, und selbst die studentischen Hilfskräfte rangierten in der Hierarchie noch über der Sekretärin, da sie sich anschickten, die Leiter der Wissenschaft zu erklimmen, wenn auch bislang auf der untersten Sprosse. Dennoch – ein feierlicher Abschied, fand Fräulein Leopold, gehörte dazu.

Aber dann war ihr die Atmosphäre so steif erschienen, dass sie es erst gar nicht gewagt hatte, am frühen Tag schon Alkohol anzubieten. Daher blieb der Sekt in der Stofftasche und wurde zusammen mit dem übrig gebliebenen Kuchen wieder mit nach Hause getragen. Seufzend holte Trude Leopold die unnütz mitgeschleppte Flasche hervor, und als sie sich an die verkrampfte Verabschiedungsszenerie erinnerte, erwachte ihr Trotz. »Nun«, dachte sie, »dann trinke ich den Sekt eben alleine!« Sie hatte lange genug keinen Alkohol mehr getrunken.

Schon beim zweiten Glas wurde ihr wohler. Leise begann sie vor sich hin zu summen. Trude Leopold sang gern – allerdings nur, wenn ihr keiner zuhörte. Aber warum eigentlich nicht? Im Grunde, dachte sie, als sie ihr Glas erneut bis auf den letzten Tropfen austrank, habe ich doch eine sehr wohlklingende Stimme! Und tatsächlich: Wenn sie sich Mühe gab, sang sie fast wie die Königin der Nacht. Sie probierte ein paar Koloraturen, während sie sich nachschenkte.

Beim dritten Glas Sekt hörte sie den Hund unruhig bellen. Zeit zum Gassi gehen! Sie stand auf und suchte nach der Leine, bevor er ihr wieder in die Wade biss. Das verdammte Mistvieh. In den höchsten Tönen begann sie zu singen: »Du Vieh, du Vieh, du Mi-hi-hist-viieh!« Auf der Straße sang sie noch immer so laut, dass Frau Holz, ihre Nachbarin, verstohlen aus dem Fenster lugte. »Hallooo«, winkte Trude Leopold da plötzlich boshaft nach oben, »seid ihr alle daaa?« Schnell verschwand Frau Holz hinter dem Vorhang. Ihres Publikums beraubt, liefen Frauchen und Hund davon in Richtung Stadtpark.

Dort angekommen, setzte sich Fräulein Leopold auf die Wiese und streckte ihr Gesicht in die Sonne. Der Boden unter ihr schien angenehm zu schwanken. Sie kicherte vergnügt vor sich hin. Den Hund hatte sie von der Leine befreit und das Halsband auch gleich abgenommen, bevor sie ihn laufen ließ. Vielleicht kam er ja nicht mehr zurück.

Dort vorn am Weg ging ein Mann vorbei, blieb nach ein paar Schritten zögernd stehen, sah sich um und setzte sich dann in einiger Entfernung ins Gras. Fräulein Leopold riskierte einen Blick. Ein hübscher Kerl war das, fand sie. Er erinnerte sie ein wenig an jenen hoch gewachsenen jungen Mann, der im gegenüberliegenden Haus auf der anderen Straßenseite wohnte. Wenn es draußen dunkelte, war seine Silhouette im Fenster gegenüber deutlich zu erkennen. Im Sommer lief er den ganzen Abend mit freiem Oberkörper herum. Gelegentlich empfing er Damenbesuch. Einmal war sie sogar unfreiwillig Zeugin geworden, wie er den Gürtel öffnete und aus seiner Jeans stieg. Darunter trug er enge Shorts in unschuldigem Weiß … Nicht, dass sie ihn ausspioniert hätte; aber der Herr Nachbar besaß halt keine Vorhänge. Sie selbst übrigens auch nicht. Ob er *sie* wohl jemals bemerkt hatte? Sie konnte sich das nicht so recht vorstellen, aber da sie gerade darüber nachdachte: Warum eigentlich nicht? Vielleicht hatte er ihr sogar beim Singen zugehört.

Fräulein Leopold schaute versonnen hinüber zu dem Fremden im Gras und begann, ein paar Töne zu trällern. Erst ganz leise, dann lauter. Der Mann drehte sich um und schaute zu ihr herüber. Sie lächelte und winkte, und er grinste zurück. Ja, er sah wirklich aus wie ihr Nachbar. Sicher würde er zu ihr herüberkommen. Jetzt. Gleich. Früher oder später.

Da kam ein kleines Mädchen angelaufen, ein Hund rannte ihm um die Beine. Fräulein Leopold zuckte zusammen. *Ihr* Hund. »Papa!«, rief das Kind, »ich habe einen Hund gefunden! Und er ist ganz lieb!« Fräulein Leopold beobachtete, wie der Mann, der Vater des Mädchens, sich nach dem Besitzer des Tieres umsah; wie er lauschte, ob ihm jemand pfiff, und sich wunderte, dass der Hund kein Halsband trug. Unauffällig öffnete Fräulein Leopold ihre Jacke und verbarg darunter

Leine und Halsband. Dann stand sie auf und ging in die andere Richtung davon, mit immer schnelleren Schritten, ohne sich auch nur einmal umzusehen. Nichts wie weg, bevor jemand bemerkte, zu wem das Tier gehörte, oder der verflixte Hund auf die Idee kam, ihr zu folgen! Der hübsche Fremde hatte sich also um eine Tochter zu kümmern. Prima. Da konnte er sich ebenso gut auch um den Hund kümmern, dieses kläffende Drecksvieh. Vielleicht biss er ihn ins Bein.

Als sie zu Hause Leine und Halsband in den Mülleimer warf, musste sie wieder kichern. Wenigstens war sie das Vieh nun los. Wenn das kein Grund zum Feiern war! Sie genehmigte sich also noch ein Gläschen Sekt.

Da klingelte das Telefon. »Ring-ring-riiiing!«, sang Fräulein Leopold im Takt und schwang ihr Glas, als in den Raum hinein die Stimme ihres Freundes ertönte. »Hallo, Mäuschen«, erzählte er dem Anrufbeantworter, »ich wollte nur fragen, ob du nicht schon heute nach M. kommen willst. Ruf mich doch mal zurück! Wir könnten uns gemütlich was kochen, und außerdem könnte ich dir noch ein paar gute Ratschläge geben für morgen.«

»Nein!«, rief Fräulein Leopold, das aufmüpfige Mäuschen, laut durchs Wohnzimmer. »Hab keine Zeit zum Kochen, ich muss heut in deiner Wohnung noch klar Schiff machen!« Dabei machte sie eine ausholende Armbewegung, dass der Sekt aus ihrem Kelch in alle Richtungen spritzte, und riss prompt auch noch die halb leere Flasche vom Tisch. Sekt ergoss sich auf den hellen Berberteppich.

Die Stimme auf dem Anrufbeantworter erstarb. Keine guten Ratschläge mehr. Dabei hätte sie noch einige brauchen können. Zum Beispiel dazu, was in Zukunft mit der Wohnung in S. zu geschehen hatte. Fräulein Leopold ging auf Inspektionsrunde und entdeckte im Bücherregal eine Flasche Raki. Die musste natürlich weg, bevor sie demnächst hier auszog! Wer sollte das Zeug alles schleppen? Sie beschloss also, sich einen zu gönnen. Warum nicht gleich im Saftglas? Leopoldine Euch zu Diensten! Sie versuchte eine Pirouette, verbeugte sich in den Raum hinein und lächelte huldvoll nach allen Seiten.

Mittlerweile war es draußen dunkel geworden. Nein, nicht Leopoldine, dachte sie beim zweiten Glas Raki. Aber … Leonida! Wie wäre es damit? Und wieder verbeugte sie sich, diesmal zum Fenster hin.

Gestatten: Leonida, die Königin der Nacht!

Ihr Blick fiel auf die Häuserfront gegenüber. Im hell erleuchteten Fenster erkannte sie die schemenhafte Gestalt eines Mannes. Kein Zweifel: Dort stand ihr fremder Nachbar und schaute direkt zu ihr herüber.

Merkwürdig war das, wenn man so beobachtet wurde! Ihr war, als ob sie auf einer Bühne stünde. Mit gespielter Unbefangenheit lief sie im Zimmer umher. Jede Bewegung schien auf einmal inszeniert zu sein, jede Geste wurde von ihm, ihrem Publikum, mit Blicken verfolgt.

Aus den Augenwinkeln beobachtete sie den Mann, der sich keinen Zentimeter von der Stelle bewegt hatte, und wurde plötzlich übermütig. Er sollte seine Show haben!

Sie kehrte zum Fenster zurück, hob ihr Glas, prostete ihm zu und leerte es in einem Zug. Szenenapplaus! Tief verneigte sich die königliche Leonida, theatralisch hoben sich ihre Hände und trafen sich in ihrem Kragen wieder. Knopf um Knopf begann sie, ihre Bluse zu öffnen. Was glauben Sie, mein Herr, welche Farbe mein BH hat? Weiß, mein Lieber, Blütenweiß wie die Unschuld, wie deine Shorts.

Der Mann im Fenster stand noch immer reglos da. Zollte er ihr keinen Applaus? Sie wollte doch mit ihm feiern, wollte, dass er teilhatte an ihrem großen Auftritt. Feigling, dachte sie beinahe zärtlich, warte nur, ich hab noch was für dich übrig.

Denn nun war es Zeit, das Schauspiel gebührend zu Ende bringen.

Sie verließ die Bühne und tänzelte in Richtung Küche.

Als sie kurz darauf zurückkehrte, strahlte sie: Er würde sein süßestes Wunder erleben.

Langsam näherte sie sich dem Fenster und breitete einladend die Arme aus. Ihr halbnackter Oberkörper war über und über mit Kuchen beschmiert. Schokoladenspuren zogen sich quer über das Brustbein, Himbeercreme lief ihr den Bauch hinab, eine Mokkabohne klebte am Schlüsselbein. Weit riss sie das Fenster auf und schrie dem schwarzen Schatten entgegen: »Na los, komm rüber! Dein Nachtisch wartet!« Und sie warf jubelnd die Arme in die Luft, dass der verklebte Büstenhalter wogte und die Kuchenkrümel flogen.

Dann schmiss sie sich zu Boden; denn natürlich würde er nicht kommen, er war ja viel zu feige, und ihr war, als könnte sie darüber eine halbe Stunde lang lachen.

Später, viel später rappelte sie sich auf und schleppte sich ins Bett. Die Flasche Raki nahm sie mit. Sie war halb leer.

Als Frau Holz am nächsten Morgen das Treppenhaus betrat, blieb sie einen Moment kopfschüttelnd vor der Wohnungstür ihrer jungen Nachbarin stehen, streckte den Finger nach der Klingel aus, besann sich dann aber und wandte sich ab.

Wäre sie in der Lage gewesen, durch die Wände hindurchzusehen, so hätte sich ihrer Bürgerseele ein schockierendes Bild geboten: Da lagen Scherben auf dem hellen Wohnzimmerteppich inmitten einer stinkenden Alkoholpfütze; Kleidungsstücke und Kuchenreste waren überall in der Wohnung verstreut. Im Schlafzimmer aber lag quer über dem Bett eine junge Frau, am ganzen Körper besudelt und beschmiert. Die Schnapsflasche ruhte neben ihr auf dem Kopfkissen.

Auf einmal schrie der Wecker los, lauter und immer lauter, bis langsam Leben in die wie tot Liegende kam. Ein Arm hob sich und fiel träge auf den lärmenden Wecker nieder. Die plötzlich eingekehrte Stille schmerzte Trude Leopold in den Ohren. Stöhnend quälte sie sich hoch und fasste nach ihren pochenden Schläfen. Wieso bellte der Hund nicht? – Ach, richtig, der Hund … na, weggeben hätte sie ihn sowieso müssen, ihr Freund konnte die Töle nicht ausstehen. Sie rappelte sich auf und stolperte schwerfällig in Richtung Bad.

Eine halbe Stunde lang lief die Dusche und spülte Kuchenreste, Alkoholspuren und Magensäure den Ausguss hinunter – und mit ihnen Leonida, die vergessene Königin der Nacht.

Eine Stunde später hatte sich Fräulein Leopold, die erfahrene Sekretärin, zur weitgehend gepflegten Erscheinung gemausert, bestieg den Zug und fuhr nach M., ihrer gewissen Zukunft entgegen.

Patricia Kessler, Jahrgang 1975, hat bereits mehrere ihrer Texte in Anthologien veröffentlicht. Nach dem Studium der Literaturwissenschaften, Soziologie und Pädagogik arbeitet die Karlsruherin heute im Bereich Marketing und Öffentlichkeitsarbeit.

Beatrix Pollum *Das Kissen der Träume*

Seit seiner Lehre arbeitete E. Notorius in der Bleistiftfabrik Blendermann und Söhne. Mit den Jahren hatte er die kapriziöse Kunst des Buckelns und Kriechens vervollkommnet. Er hatte ein kleines Büro, vor dessen Tür auf einem blank geputzten Messingschild sein Name groß, in gut lesbaren Versalien prangte. Tag für Tag vergrub er seinen Kopf in staubigen Papierbergen und vergilbten Aktenordnern. Er addierte und subtrahierte, sortierte und verglich. Wenn er mit den zu prüfenden Akten fertig war, legte er die schweren Ordner zurück in die Regale. Dort würden sie in den nächsten Jahren eine beträchtliche Menge Staub ansammeln. Computer hatten in diese Firma noch keinen Einzug gehalten und Notorius war sehr froh darüber. Er dankte seinem Schöpfer, dass er von dieser technischen Plage bisher verschont geblieben war. Grauenhafte Geschichten rankten sich um diese Maschinen. So manchen Mitarbeiter hatten sie in den Wahnsinn getrieben. Erst letzte Woche war der bemitleidenswerter Kollege einer benachbarten Firma in einer Anstalt verschwunden, auf unbestimmte Zeit, niemand wusste Genaueres. Notorius war darüber aufs Äußerste beunruhigt. Tage vergingen, ehe er wieder in die sichere

Monotonie des Büroalltages zurückfand. Ein leichtes Unwohlsein mit gelegentlichem Aufstoßen war zurückgeblieben. Manchmal vergingen Wochen, ohne dass Notorius auch nur einen winzigen Fehler aufspürte. Einem Detektiv gleich betrachtete er die Zahlenreihen durch seine Brillengläser hindurch, wie man neugierig ein Insekt unter der Lupe betrachtete. Wenn er endlich einen Fehler gefunden hatte, wurde er von einem unbeschreiblichen Glücksgefühl erfasst. Seine Laune schnellte in schwindelerregende Höhen. Noch Tage später freute er sich diebisch und konnte nicht aufhören, sich selbst seiner Genauigkeit und Unerbittlichkeit wegen in leisen Selbstgesprächen zu loben. »Oh, Notorius«, murmelte er zärtlich und in widerlich selbstgefälligem Ton, »Notorius, du bist der Größte, du bist einfach ... perfekt!« Bei dem Wort »perfekt« huschte ein schelmisches Grinsen über sein Gesicht. »Perfekt« war ein wunderbares Wort, sein absolutes Lieblingswort, ein Wort, das mit keinem anderen zu vergleichen war. Ja, er war ein Wissender, ein Auserwählter. Er war der Letzte einer aussterbenden Spezies. Allen widrigen Umständen und schadhaften Einflüssen zum Trotz konnte er nicht aufhören, die höchste aller Tugenden anzustreben. Perfektion! Schließlich hatte es mit raffinierten Zahlen zu tun, sie verdrehten sich, rutschten eine Zeile tiefer, standen scheinbar zufällig auf dem Kopf. Gelegentlich fehlte auch nur ein Komma, ein Punkt, der sich verschoben hatte. Nicht mit ihm! Unerbittlich drang er in ihre komplizierten Formationen ein, analysierte ihre mutierenden Strukturen und erkannte auf Anhieb kranke Muster. Mühelos tauchte er in ihre kabbalistischen Untiefen hinab und spürte unbarmherzig jede noch so winzige Unregelmäßigkeit auf. Wenn der vermeintliche Feind gestellt war, fühlte er jedes Mal wohliges Kribbeln in sich aufsteigen. Welches zunächst ganz zart in den Zehen begann, sich, immer heftiger werdend, wellenartig durch den gesamten Körper fortsetzte. Bis es schließlich, zu einem Beben angewachsen, seine feinen Haarwurzeln erreichte. Ein köstliches Gefühl, das er voll auszukosten pflegte und dem er sich erschreckend hemmungslos hingab. Wenn diese wunderbare Erregung allmählich abflaute, nahm er feierlich den alten Radiergummi und eliminierte die falsche Zahl mit kräftigen Bewegungen. Zurück blieb eine saubere, fast jungfräuliche Stelle. Danach wartete er einen kurzen Augenblick, seine Nervenenden aufs Äußerste gespannt. Er atmete tief ein und mit elegantem Schwung setzte er die neue Zahl an die betreffende Stelle. Gewissenhaft begutachtete er sein Werk. Er neigte den Kopf und besah sich die Zahl von allen Seiten. Erst wenn all diese Prüfungen erfolgreich bestanden waren und Notorius zufrieden grunzte, dann erst strich er vorsichtig, ja fast zärtlich mit seiner Hand über das Papier.

Punkt 5 Uhr nachmittags schrillte die Werksirene und Notorius verließ sein Büro. Mit den anderen Angestellten und Arbeitern strömte er aus dem Fabriktor und tauchte ein in diese andere, ihm fremde, zahlenlose Welt. Zu Hause angekommen, stellte er Aktentasche und Regenschirm ab. Seine Füße schlüpften in bereitstehende Filzpantoffeln, das Anzugjackett tauschte er gegen eine bequeme Strickweste. Mit einem Käsebrot und einer Tasse Milch begab er sich ins Wohnzimmer, entfernte den Schonbezug von seinem Lieblingssessel und machte es sich vor dem Fernseher bequem. Bunte Bilder zogen an seinen müden Augen vorüber und das dazugehörige Stimmengewirr gab ihm ein vertrautes Gefühl, nicht allein zu sein. Gegen 22.00 Uhr ging er meist zu Bett. Auf einem Stuhl legte er frische Wäsche und Socken für den nächsten Tag bereit. Gewissenhaft überprüfte er, ob alle Fenster geschlossen und die Wohnungstür ordnungsgemäß verriegelt waren. Dann kroch er unter seine Decke. Gelegentlich griff er noch einmal nach der Tageszeitung und las ein wenig darin. Dann ertappte er sich dabei, wie er sich nicht nur über das aktuelle Geschehen und die Weltnachrichten informierte, sondern wie seine Augen, fast von selbst, scheinbar zufällig, ohne die geringste Spur einer Absicht, in einen Artikel hineinrutschten, Worte anlasen, die zu einer Reisereportage oder dem Vorabdruck eines neuen Romans gehörten. Zu überflüssigen Berichten, deren unehrenhafte Aufgabe es war, Zeitungsseiten zu füllen und den ernsthaften Leser auf schändliche Weise vom Wesentlichen abzulenken. Sobald Notorius dies bemerkte, faltete er, zutiefst empört und ungehalten über sich selbst, die Zeitung zusammen und warf sie aus dem Bett. Schimpfliche Unmutsworte über die Dreistigkeit und Raffinesse gerissener Redakteure murmelnd, schlief er dann schließlich ein. Wobei ihn die Zahlenkolonnen des Tages in das Reich eines ansonsten traumlosen Schlafes begleiteten.

Jeden Morgen kurz vor 6 Uhr klingelte der Wecker. Notorius stand auf und machte sein Bett. Das Betttuch spannte er so stramm, dass es bei der kleinsten Berührung der Finger sanft zurückfederte. Er öffnete das Fenster, atmete tief durch und machte Kniebeugen an der frischen Morgenluft. Egal welches Wetter draußen auch war, er absolvierte fünfzig Kniebeugen. Keine mehr und keine weniger. Im Winter war es noch dunkel, dann sah er den Mond am Himmel. Im Sommer krochen die ersten Sonnenstrahlen zaghaft hinter den Häuserblocks hervor. Doch Notorius achtete nicht wirklich darauf, und wäre der Himmel eines Tages mondlos und leer, er würde es nicht einmal bemerken.

Danach ging er ins Badezimmer, wusch sich, putzte Zähne und rasierte sich gründlich. Die Rasur beanspruchte die meiste Zeit seiner morgendlichen Toilette. Elektrorasierer waren ihm ein Gräuel. Überhaupt waren ihm alle Geräte suspekt, die mehr als drei Knöpfe besaßen und zu deren Handhabung eine jener unverständlichen Bedienungsanleitungen erforderlich war. Er bevorzugte das Rasiermesser seines Vaters, das er geerbt hatte und wie seinen Augapfel hütete. Wenn die scharfe Klinge über sein eingeschäumtes Gesicht fuhr, spürte er, wie auch die winzigsten Bartstoppeln nach kurzem, aber heftigem Widerstand sich dem frisch geschliffenem Stahl ergaben. Vorsichtig schlüpfte er in sein gestärktes Hemd, streifte die Socken über und zog seine Hosen an. Die Schnürsenkel seiner schwarzen, klobigen Schuhe knotete er so, dass beide Enden der Schleife genau gleich lang waren. Manchmal entdeckte er noch eine matte Stelle oder einen Fleck auf dem Schuhleder, die oder den er am Abend zuvor unverständlicherweise übersehen haben musste. Zuerst ein harmloser Verdacht, der sich im hellen Neonlicht der Küchenlampe und bei genauerer Untersuchung zur grausigen Gewissheit manifestierte. Seine Hände begannen unkontrolliert zu zittern, sein Unterkiefer schlackerte, er verspürte einen schmerzhaften Stich in der Brust. Schwarze Punkte tanzten vor seinen Augen und er war einer Ohnmacht in diesem Augenblick gefährlich nah. Hysterisch zerrte er eines der Putztücher aus dem Schuhschrank, spuckte gehetzt auf den Schuh und polierte so lange, bis seine Knöchel schmerzten. Erleichtert legte er den Lappen zurück und ganz allmählich normalisierten sich Blutdruck und Puls wieder. Das kalkige Weiß seines Gesichts wich einem zarten Hauch von Schweinchenrosa. Schuhe waren die Visitenkarte eines Menschen. Wer seine Schuhe nicht pflegte, war auch unpünktlich und unzuverlässig. Unterbuchhalter Kleen war einer von dieser Sorte, sein äußeres Erscheinungsbild ließ mehr als zu wünschen übrig. Weshalb Direktor Blendermann diese Art der Disziplinlosigkeit duldete, blieb Notorius ein Rätsel.

Um 6:15 Uhr war bereits die zweite Tasse Kaffee durch die Maschine gelaufen. Notorius nahm ein Stück Zwieback und setzte sich an den kleinen Holztisch direkt neben dem Küchenfenster. Seine Krawatte legte er vorsorglich über die rechte Schulter. Mechanisch tauchten seine Finger den Zwieback in den Kaffee. In diesen stillen Momenten, wenn er kauend aus dem Küchenfenster blickte, passierte es in letzter Zeit häufiger, dass ihn plötzlich seltsame Bilder heimsuchten. Farbige Tagträume entstanden vor seinem geistigen Auge, Landschaften fremder Länder, die sich heimtückisch, ohne jegliche Vorwarnung in seine Gedanken drängten und sich seiner willentlichen Kontrolle vollständig entzogen. Für mehrere Sekunden, manchmal sogar Minuten, legten diese bunten Szenarien sein Denken lahm, überschwemmten sein Gehirn mit satten Farben tropischer Sonnenuntergänge und Südseekulissen. Muskelbepackte Männer mit kantigen, bartstoppeligen Gesichtern marschierten geradewegs durch seinen Kopf. Ihre blitzenden Macheten durchschnitten das

Urwalddickicht. Ihr Kampfgeschrei war fürchterlich. Brutal metzelten sie Horden angreifender Eingeborener im Akkord nieder, ohne dabei ins Schwitzen zu kommen. Ihre Körper waren gestählt, ihre Haut von Sonne und Wind gegerbt. Manchmal waren es auch Drachentöter von siegfriedianischer Tapferkeit, edle Ritter in strahlenden Rüstungen, die das Böse bekämpften, wann und wo immer sie es fanden. Ihren Mut hatten sie in aussichtslosen Kämpfen erprobt und ihr Wille war unbeugsam. Langbeinige Prinzessinnen mit nicht unbeträchtlicher Oberweite krochen durch seine Gehirnwindungen, ihre Haarfarbe wechselte dauernd und die Ähnlichkeit mit Direktor Blendermanns Sekretärin Doris war rein zufällig. Doch noch ehe die Abenteuer zu Ende geführt und der einer Zigarettenwerbung entsprungene Held sich mit der drallen Schönen im hemmungslosen Koitus vereinigen konnte, war Notorius wieder Herr seiner Sinne und spülte die quälenden Nebenwirkungen dieser verworrenen Fantasien schnell mit einem Schluck lauwarmem Kaffee hinunter. Diese Bilder glichen kurzen, schmerzhaften Anfällen einer geheimnisvollen Krankheit. Einmal davon befallen, gab es keine Heilung. In letzter Zeit passierten ihm solche mentalen Ausrutscher häufig und das erschütterte seinen inneren Frieden und ließ ihn allmählich an seinem für vollkommen erachteten Dasein zweifeln.

Pünktlich um 6:30 Uhr verließ Notorius das Haus und ging zur Straßenbahnhaltestelle, die nur eine Querstraße entfernt war. Während er geduldig auf die Bahn wartete, wünschten ihm vertraute Gesichter einen »Guten Morgen«. Und Notorius gab den freundlichen

Gruß, garniert mit einem genau bemessenen Lächeln, zurück. Bereits um 7 Uhr saß er in seinem Büro und spitzte den dritten Bleistift. Der Botenjunge wunderte sich schon lange nicht mehr über den kauzigen Alten, dem er Tag ein, Tag aus neue Akten brachte. Notorius stapelte die Ordner zunächst mit den Kanten exakt aufeinander, ehe er die oberste Kladde herunternahm. Dann setzte er seine Brille auf und begann zu blättern. Bald schon spürte er, wie sein linkes Augenlid zu zucken anfing. Sein Jagdtrieb war erwacht. Jeden Morgen kurz vor 8 erschien der Direktor im Büro seines Oberbuchhalters. Zufrieden klopfte er seinem Mitarbeiter auf die Schulter und murmelte so etwas wie »fleißig, fleißig«. Dann verschwand er wieder, noch ehe Notorius aufspringen und einen vollendeten Diener machen konnte.

An einem Donnerstag vor zwei Wochen jedoch geschah etwas, das die perfekte Welt des E. Notorius gewaltig erschütterte und fast aus den Fugen geraten ließ. Dabei fing eigentlich alles ganz harmlos an.

Wie gewohnt war Notorius an diesem Abend nach Hause gekommen. Als er noch einige Schritte von seiner Wohnungstür entfernt war, sah er etwas vor seiner Türe liegen. Ein Etwas, das sich im Näherkommen als Paket zu erkennen gab. Notorius blieb einige Sekunden unschlüssig stehen, wobei seine Augen neugierig auf dem großen Ding hafteten. Es mochte wohl die Größe eines Fernsehers haben. Aber wer zum Kuckuck sollte ihm einen Fernseher schicken? Schließlich entschloss er sich, das Paket hochzunehmen, obwohl eine Stimme tief in seinem Inneren dringend davon abriet. Notorius jedoch schenkte dieser Stimme grundsätzlich kein Gehör und so meuchelte er sie einmal mehr. Das Paket war leichter als vermutet. Vielleicht war es ja gar nicht für ihn! Er stellte es wieder ab und fingerte nach seiner Brille. Sorgfältig überprüfte er die Adresse. Kein Zweifel. Ganz deutlich stand da sein Name. Doch er konnte keinen Absender finden. Was, wenn dieses Ding eine Bombe war? Die Welt war voller Verrückter! Ehe er diesen Gedanken zu Ende brachte, machte er einen gewaltigen Satz zur Seite. Schützend vergrub er sein Gesicht im geschmacklos gemusterten Teppichboden und legte seine Hände über den Kopf. Notorius zählte die Sekunden, wartete auf einen ohrenbetäubenden Knall und sein sicheres Ende. Plötzlich schlug eine Tür zu und er zuckte zusammen. »Guten Abend, Herr Notorius«, sagte eine tiefe, sonore Stimme. Notorius blickte vom Boden hoch und sah in das erstaunte Gesicht seines Nachbarn. »Guten Abend, Herr Winnifred«, stotterte Notorius verlegen und räusperte sich. Dann rappelte er sich auf. Noch ehe er seinem Nachbarn einige die Situation erklärende Worte sagen konnte, war dieser schon im Aufzug verschwunden. Unterbuchhalter Kleen kam ihm plötzlich wieder in den Sinn. Kleen hatte stechende Augen, die unruhig umherwanderten und nie den Blick des Gegenübers halten konnten. Aber im Falle seines Ablebens würde niemals Kleen seine Nachfolge antreten. Nach reiflicher Überlegung entschloss sich Notorius, das Paket mit in seine Wohnung zu nehmen. Bombe hin oder her! Behutsam legte er den Karton auf den Küchentisch. Zuerst löste er den Knoten der Schnur, dann zog er sachte die Klebestreifen ab, ohne das Papier dabei zu beschädigen. Schließlich kam eine graue, unscheinbare Schachtel zum Vorschein. Vorsichtig hob Notorius den Deckel und spähte hinein.

Seine Pupillen weiteten sich, Falten zerfurchten seine Stirn und seine Mundwinkel verschoben sich diametral. Was zum Teufel war das? Enttäuscht ließ er den Deckel sinken. Brauner Samt, stumpf und brüchig, mit hässlichen Flicken übersät, eingerahmt von einer wulstigen, mottenzerfressenen Rüschenbordüre. Ein süßlicher Geruch stieg ihm in die Nase. Mit Zeigefinger und Daumen hielt er das Kissen, die anderen Finger weit abgespreizt, um unnötige Berührungen zu vermeiden. Viren und Bakterien lauerten überall, die Luft wimmelte nur so davon. Resistente Stämme hatten schon ganze Kontinente ausgelöscht. Kopfschüttelnd warf er das Ding in die Schachtel zurück. Was für ein geschmackloser Scherz auf seine Kosten! Er war das Opfer eines bösen Streiches geworden. Mit einem Mal fühlte sich Notorius betrogen, ärgerlich zerknüllte er das Papier und wollte gerade alles dem Müllschlucker überlassen, als ein Briefumschlag zu Boden fiel. »Für E. Notorius« stand da in schnörkeliger Schönschrift. Er stellte die Schachtel ab, öffnete den Brief und setzte seine Brille auf. Hastig überflog er die Zeilen. »… hiermit übersende ich Ihnen entsprechend dem letzten Wunsch ihrer kürzlich verstorbenen Tante den für Sie bestimmten Gegenstand aus der Erbmasse. Mit freundlichen Grüßen, hochachtungsvoll …, blablabla. Notorius starrte auf das Geschriebene, bis die Zeilen vor seinen Augen allmählich verschwammen und den wirren Bildern eines Rorschachtests ähnelten. Vor 40 Jahren hatte er seine Tante das letzte Mal gesehen. Als Kind hatte er die Sonntage gehasst, die er bei ihr verbringen musste. Mit Schaudern dachte er an ihren trockenen Marmorkuchen. Irgendwann hatte er diese kauzige Frau in die hinterste Schublade unliebsamer Erinnerungen gepackt und dort vergessen. Menschen erbten im Allgemeinen Ländereinen, Vermögen, Rennpferde oder Ähnliches. Er, er erbte ein schäbiges Kissen! Was war aus dieser Welt nur geworden. In diesem düsteren Moment war Notorius froh, dass seine Mutter nur eine einzige Schwester gehabt hatte und sein Vater ein Einzelkind gewesen war. In der darauf folgenden Nacht wälzte er sich Stunden in seinem Bett und konnte keinen Schlaf finden.

Und so geschah, was nie zuvor geschehen war, Notorius verschlief. Als er am nächsten Morgen schlaftrunken auf den Wecker blickte, traute er seinen Augen nicht. Die Tatsache, dass es schon weit nach 7 Uhr war, katapultierte ihn aus dem Bett. Sein Herz hämmerte. Sekundenlang stand er wie erstarrt. Was sollte er jetzt nur zuerst tun? An Kniebeugen war nicht mehr zu denken. Fluchend stürzte er ins Bad. Liederlichkeiten sprudelten aus seinem Mund. Beim Rasieren stellte er sich so ungeschickt an, dass er abrutschte und sich in die Wange schnitt. Die Wunde blutete heftig, dicke Tropfen fielen ins Waschbecken. Blut konnte er noch nie gut sehen, schon gar nicht sein eigenes. Er hatte keine frische Wäsche zurechtgelegt, daher riss er an der Schranktüre mit so viel ungezügelter Gewalt, dass sich eines der Scharniere aus der Verankerung löste und die schwere Eichentür mit einem knarrenden Ruck zur Seite kippte, direkt auf seinen Fuß. Ein gewaltiger Schmerz ließ ihn laut und herzhaft aufheulen. Verzweifelt durchwühlte er die Schubladen. Alles war plötzlich durcheinander. Es existierten nur noch einzelne Socken und knopflose Hemden. Wie konnte seine Weltordnung in nur einer Nacht derart ins Wanken geraten sein? Die Wände seiner Welt begannen zu bröckeln. Zitternd zog er das Hemd vom Vortag an und schlüpfte eilig in seine Hosen. Bedauerlicherweise blieb er mit dem Absatz im Hosenfutter hängen und riss ein Stück Saum herunter. Nie zuvor hatte er die Schuhe vor seinen Hosen angezogen! Sein Magen hatte sich in einen schmerzhaft pulsierenden Klumpen verwandelt. Notorius schnappte sich Aktentasche und Mantel und eilte, wie von unsichtbaren Furien gehetzt, aus dem Haus. Als er die Haltestelle erreichte, schlossen sich gerade die Türen und die Straßenbahn fuhr ohne ihn ab. Er hoffte immer noch, dass alles nur ein böser Traum sei und er bald erwachen würde, doch nichts dergleichen geschah. Vielmehr schienen sich seine Arme und Beine von seinem übrigen Körper getrennt zu haben und eigenmächtig zu handeln. Die Aktentasche glitt aus seinen Händen. Eine nie gekannte Übelkeit erfasste ihn. Er glaubte sich hier, in aller Öffentlichkeit, übergeben zu müssen. Kalter Schweiß brach ihm aus, seine Füße wurden kraftlos. Der Würgereiz wurde immer schlimmer und der Sekundenzeiger seiner Uhr raste wie besoffen über das Zifferblatt. Er brauchte ein Wunder! Das Stechen in seiner Brust wurde heftiger. Ein Herzinfarkt wäre jetzt genau das Richtige! Optimal! Schließlich war ein Infarkt eine ernste Sache, ein triftiger Grund, unpünktlich zu sein oder gar nicht zur Arbeit zu erscheinen. Plötzlich hatte Notorius eine wunderbare Vision. Er lag im Krankenhaus unter einem riesigen Sauerstoffzelt. Bleich, mit rot geränderten Augen. Auf der einen Seite eine junge, üppige Krankenschwester. Direktor Blendermann, verzweifelt über den Zustand seines Oberbuchhalters, auf der anderen Seite. Für einen Augenblick entspannte sich sein Gesichtsausdruck. Ohne ihn würde ein Bleistiftimperium dem sicheren Ruin entgegensteuern. Noch immer stand er wie angewurzelt da, als sein Wunder in Form eines Taxis neben ihm hielt. Ohne zu Zögern sprang er hinein. »Fabrik Blendermann«, keuchte er, »schnell!« Mit weichen Knien eierte er über das Werkgelände. Die Fenster der Büros waren schon hell erleuchtet und die riesigen Tore der Werkhallen bereits geschlossen. Aufgelöst, den Tränen nahe und mit hochrotem Kopf erreichte Notorius endlich sein Büro. Gerade als Direktor Blendermann um die Ecke bog. Seine Hände fuhren sich durchs zersauste Haar und erst jetzt bemerkte er, dass er keine Krawatte trug. Erschöpft sank er in seinen Sessel und schickte ein Stoßgebet zum Himmel. »Morgen«, murmelte der Direktor knapp und stutzte. Notorius' Finger spielten nervös mit den ungespitzten Bleistiften. Blendermann sah sich genauer um. Ungeschickt versuchte Notorius, seinem Mund ein Lächeln abzuringen, doch der Versuch glich mehr einem stummen Schrei. Warum löste er sich jetzt nicht in Luft auf? Blendermann sagte kein Wort. Beim Verlassen des Büros schüttelte er nur einige Male den Kopf. Bestimmt hatte Blendermann all seine Verfehlungen gesehen, daran hatte Notorius keine Zweifel. Zum ersten Mal in seinem Leben fühlte er sich fremd, war er nicht der Mensch, den er kannte. Und all das nur wegen eines Kissens. Oh, wie er seine Tante in diesem Augenblick hasste! Wäre sie nicht schon tot gewesen, er hätte ihr heute eigenhändig den Hals umgedreht. Gerade als sich Notorius etwas beruhigt hatte, schlenderte Kleen an seinem Büro vorüber. Das war kein Zufall! Und sein spöttischer Blick!

Auch Kleen wusste alles! Klatsch verbreitet sich hier mit Lichtgeschwindigkeit. Alle wussten es schon, vom Botenjungen bis zum Vorstand. Wo immer zwei Leute zusammenstanden, redeten sie über ihn. Den restlichen Tag saß Notorius, von düsteren Vorahnungen geplagt, an seinem Schreibtisch. Unfähig, klar zu denken, krampfhaft bemüht, seinen Oberkörper aufrecht zu halten. Er spitzte Bleistifte so lange, bis ihre Minen brachen. Hilflos blätterte er in Akten, Zahlenkolonnen verschwammen vor seinen Augen zu riesigen schwarzen Klecksen. Dieser schwärzeste aller Tage wollte nicht zu Ende gehen, jede Stunde sah er auf die Wanduhr, doch er war sicher, dass der Stundenzeiger aufgehört hatte, sich zu bewegen, die Welt hatte aufgehört, sich zu drehen. Er würde wie all die anderen tragischen Romanhelden enden. Der Macht und Unberechenbarkeit des Schicksals hilflos ausgeliefert. Er wurde von grauenhaften Zukunftsvisionen heimgesucht. Zu einer gebrechlichen, zahnlosen, in Lumpen gekleideten Gestalt mutiert, unrasiert und vom Irrsinn befallen, würde er den Rest seines Lebens bettelnd in der Gosse verbringen. Eine gequälte Menschenseele, völlig aus der Bahn geworfen

Als die Sirene Notorius um 17 Uhr endlich von diesen Bildern erlöste, eilte er blass und überstürzt nach Hause. Er hatte nur noch das Bedürfnis, zu schlafen. Sich die Bettdecke wie einen schützenden Panzer über seinen Kopf zu ziehen und nie mehr aufzuwachen. Er warf sich aufs Bett und versuchte, an nichts mehr zu denken. Er wollte diesen verhängnisvollen Tag für immer aus seinem Gedächtnis tilgen. Aber etwas irritierte ihn, hinderte ihn daran, sich endlich zu entspannen. Sein Kopf lag höher als sonst, nur wenige Zentimeter.

Ungehalten schlug er die Bettdecke zurück, als er auch schon aus den Augenwinkeln die Umrisse des braunen Ungetüms wahrnahm.

Wie war dieses Ding nur in sein Bett gekommen? Hatte es nicht schon genug Schaden angerichtet? Der bloße Anblick dieses Kissens genügte, um einen erneuten Brechreiz auszulösen. Bestimmt hatte es Frau Bauer in ihrer einfältigen, unsensiblen Art dort hingelegt. Seit zehn Jahren kam sie jeden Donnerstag und gab seinem Junggesellenhaushalt den letzten Schliff. Doch sie hatte diese üble Angewohnheit, Dinge an Plätze zu legen, wo sie nicht hingehörten. Trotz hartnäckiger Bemühungen seinerseits hatte er ihr diese Unart nicht austreiben können. Er wollte dieses Kissen gerade aus dem Bett werfen, doch hielt ihn etwas zurück.

Und während er darüber nachdachte, was ihn davon abhielt, löste sich mit einem Mal der eiserne Ring um seine Brust. Eine nie gekannte Müdigkeit überfiel ihn plötzlich. Seine Arme und Beine wurden von einer Sekunde zur anderen kraftlos und schwer. Eine wohltuende Wärme durchströmte seinen ganzen Körper. Er vergaß, worüber er sich eben noch geärgert hatte. Sein Atem beruhigte sich, gleichmäßig hob und senkte sich sein krawattenloser Brustkorb, gleichmäßig fühlte er sein Herz schlagen. Seine Augenlider schlossen sich.

Das Kissen fühlte sich eigentlich herrlich weich und kuschelig an, warum sollte er nicht darauf liegen bleiben? Nur für einen Moment. Und während seine Gedanken immer langsamer und zäher dahinplätscherten, sackte sein Kopf immer tiefer und tiefer in den braunen Samt. Ein exotischer Duft erfüllte plötzlich die Luft und berauschte ihn. Weit entfernt hörte er die Meeresbrandung rauschen. All den Groll und die Angst des Tages streifte er ab, wie eine alte, abgetragene Haut. Mit einem seligen Lächeln im Gesicht schwebte er auf einer Wolke dahin wie auf einem Zauberteppich. Vor ihm öffnete sich jene geheimnisvolle Welt der Träume, die ihm bisher verschlossen geblieben war und die er nie zuvor betreten hatte. Die Gitterstäbe seines Gefängnisses zerbarsten und seine in all den Jahren verkümmerte und grau gewordene Seele entfaltete mit einem freudigen Jauchzen ihre Flügel und machte sich auf in einen strahlend blauen Himmel. Landschaften formten sich aus farbigen Nebeln, er schwebte über Kontinente und fremde Welten. Sterne explodierten in einem Feuerwerk aus Regenbogenfarben, Sonnen wurden geboren und er, E. Notorius, war der Mittelpunkt dieses neuen, wunderbaren Universums. Zärtliche Hände umfingen ihn sanft und liebkosten ihn. Mit jedem Atemzug drang er tiefer in dieses fantastische Reich weißbärtiger Zauberer, geflügelter Elfen, Zwerge und furchtloser Drachentöter ein. Endlich war er der Held seiner Träume, der wunderbarsten Träume, die je ein Mensch träumen durfte.

Von diesem Tag an war das Kissen Notorius' wertvollster Besitz. Er konnte es kaum erwarten, abends von der Arbeit nach Hause zu kommen und seinen Kopf auf den braunen Samt zu legen. Aufgeregt fieberte er den neuen Abenteuern dieser Nacht entgegen, neugierig, wohin ihn das Kissen der Träume wohl diesmal brachte.

Beatrix Pollum, geboren 1961, ist Autorin aus Leidenschaft und hat bereits einige Erzählungen in Anthologien veröffentlicht. Ihr Schwerpunkt sind märchenhafte Geschichten. Wenn sie nicht schreibt, arbeitet die Starnbergerin bei der Lufthansa.

Regina Rautenberg

Einmal Glück und zurück

Begonnen hatte alles durch einen Zufall. Bei der allwöchentlichen Damenkegelrunde erzählte eine der Damen, wie alle anderen auch in den besten mittleren Jahren, von einem unglaublichen Lottogewinn, den eine sehr gute Freundin einer Tante einer Bekannten letztens einheimsen konnte. Ungläubiges Lachen, Staunen. Dann die bekannten Diskussionen über den Sinn eines solchen Gewinns. Würde man damit überhaupt glücklich werden? Allseits energisches Kopfschütteln der Damenrunde, gepaart mit ein paar geschickt den Neid kaschierenden Bemerkungen. Man werde ja völlig aus der Bahn geworfen. Würde vielleicht sogar im Überschwang seinen sicheren Arbeitsplatz aufgeben! Und dann? Freund und Feind könne man am Ende nicht mehr unterscheiden. Hie und da, nach der zweiten Runde vom Halbtrockenen, kamen dann doch ein paar verborgene Träumereien der Freundinnen zum Vorschein. Villen, knallrote Porsche-Cabrios, Einkaufsbummel in Paris, wahlweise Rom, vormittags Tennis- oder Golfstunden statt Staubsaugen der heimischen Polstergarnitur. Die Sportstunden natürlich mit einem gut aussehenden, muskulösen Trainer (Kichern allerseits).

Dieser letzte Kegelabend fiel ihr wieder ein, als sie, mit Einkaufstüten bepackt, schwer atmend am Zeitungskiosk vorbeilief. Im Nachhinein wusste sie nicht mehr genau, was letztendlich den Ausschlag für das Ausfüllen des Scheins gegeben hatte. Es war einfach eine ganz spontane Bauchentscheidung gewesen, exakt diese sechs Kreuze zu machen. Das Schicksal muss irgendwie gerecht sein, dachte sie bei sich. Was das Schicksal genau für sie tun sollte, war ihr zwar zu diesem Zeitpunkt noch nicht ganz klar, aber dass sie jetzt auch einmal dran sei, schon. Auch wusste sie, dass Erwin sauer wäre, wenn sie sich jetzt nicht beeilte mit dem Heimlaufen und dem Kochen. Da war er ganz pingelig, der Erwin, die Essenszeiten mussten exakt eingehalten werden, da gab es kein Pardon. Das wäre ja noch schöner, pflegte er zu wettern, wenn jeder essen würde, wann es ihm gerade passt. Das sei auch genau die Ursache, weshalb die Welt mehr und mehr aus den Angeln geriete, junge, gesunde Burschen Nasenringe trügen, althergebrachte Vereine keinen Nachwuchs mehr bekämen und es sogar Leute gäbe, die die Grünen wählten, diese langhaarigen Spinner. Ja, der Erwin hatte Prinzipien, das musste man ihm lassen. Sie seufzte und beschleunigte ihren Schritt. Zu Hause räumte sie die Tüten aus, setzte Wasser für die Kartoffeln auf und panierte die Schnitzel. Einmal hatte sie den Erwin mit einem italienischen Nudelgericht überraschen wollen, was leider ziemlich in die Hose gegangen war. Erwin hatte erst sie, dann seinen Teller drohend angesehen, mit schwellender Zornesfalte auf der Stirn, und sie gefragt, ob sie allen Ernstes glaube, dass er diesen bunten Matsch essen würde. Schweigend hatte sie die Teller abgeräumt.

Das mit dem Lottoschein war nach der Samstagabendshow mit dem launigen Moderator so gut wie vergessen. Sie betrachtete den schnarchenden Erwin auf der sorgfältig abgesaugten Polstergarnitur und schickte sich gerade an, seufzend den auf Raten gekauften Fernseher auszuschalten, als ihre Hand zurückzuckte. Sechs, neun, vierunddreißig … Ihr stockte der Atem – Lottozahlen! Erwin zog unterdessen rhythmisch weiter Nebenluft, und mitleidslos beobachtete sie, wie Speichel aus seinem leicht geöffneten Mund lief. Aus der Schublade im Wohnzimmerschrank kramte sie hastig einen Stift und einen Schmierzettel, auf den sie mit zitternden Händen die Zahlen schrieb. Irgendwie war ihr bereits zu diesem Zeitpunkt klar, dass dieser Abend ihr Leben verändern würde.

Nur wie, das wusste sie noch nicht.

Wenig später wusste sie Genaueres. Sechs Richtige. SECHS RICHTIGE. S-E-C-H-S R-I-C-H-T-I-G-E. Im Lotto. Zwar keine Super-was-auch-immer-Zahl, aber es würde reichen. Reichen? Für was eigentlich? Komischerweise, daran musste sie hinterher immer schmunzelnd denken, kam sie von Anfang an nicht auf den Gedanken, Erwin zu wecken und ihm die freudige Botschaft mitzuteilen. Er hat mir nicht einmal Leid getan, würde sie verwundert erzählen.

Am nächsten Morgen wunderte sich Erwin nur über die geöffnete Flasche Wein und das benutzte Kristallglas, eines der guten Gläser, wohlgemerkt, eines von denen, das nur bei Besuch aus dem Schrank geholt wird. Wenn überhaupt. Aber da war sie schon weg. Auf der Polizeiwache, wo er den Verlust beklagte, wurde er damit vertröstet, dass sie in so einem gewissen Alter sei. Die Hormone halt, verstehen Sie? Das kenne man ja. Männlich wissendes Lächeln. Die kommt schon wieder, machen Sie sich mal keine Sorgen, guter Mann.

Währenddessen sie im Flugzeug saß und zum ersten Mal in ihrem Leben Champagner trank. Mit leichtem Schaudern hatte sie die Kreditkarte benutzt, die ihr die Bank vor Jahren zugeschickt hatte. Erwin war ja immer gegen so was gewesen, haltlosen Umgang mit Geld konnte man ihm wirklich nicht nachsagen. Aber unter diesen Umständen … Sie schloss die Augen. Etwas mulmig war ihr ja schon, aber jetzt, jetzt war nichts mehr zu ändern. Gestern Abend, nach dem Wein, war ihr plötzlich eingefallen, was sie mit dem Geld machen könnte. Leben. Reisen. Einfach so, drauflos. Woher willst du wissen, wie das geht?, fragte sie sich dann schon. Aber letztendlich konnte das nicht so schwer sein, das Leben, tröstete sie sich, und mutig hatte sie nur mit Handtasche, Kreditkarte und sauberer Unterwäsche (die gute, für alle Fälle!) die gemeinsame Wohnung samt sabberndem Erwin hinter sich gelassen.

Roma Airport. Zum Glück fielen ihr ein paar Brocken aus dem Italienisch-für-Anfänger-Kurs aus der Volkshochschule wieder ein, den sie eigentlich nur besucht hatte, um mal rauszukommen. Erwin war ja lieber zu Hause, gerade abends, unnötige Ausgaben in Restaurants (zu Hause schmeckt's ohnehin besser!), Kinos (irgendwann kommen die Filme alle mal im Fernsehen!) oder gar Theater (hä?) waren ihm ein Gräuel. Unbequem war's zudem, fand er, rein kleidungstechnisch.

Erstaunt über ihren eigenen Mut fragte sie an der

Information nach einem Hotel. Einem Luxushotel. Sie bestand auf einer Suite mit Whirlpool und merkte sehr wohl, dass das junge Mädchen hinterm Schalter sie abschätzend musterte. Signora, grazie. Und ciao. Du wirst es auch noch merken, Bella, dachte sie, bald kommt einer und zieht dich über'n Tisch, genauso, wie ich auf Erwin reingefallen bin. Dieser Gedanke beflügelte sie: Damit war jetzt Schluss.

An Erwin verschwendete sie keinen Gedanken mehr.

Rückblickend muss man sagen, dass es einfach eine grandiose Zeit war. Vielleicht die einzige Woche in ihrem Leben, in der sie überhaupt gelebt hatte, prall und saftig. Bei dem Gedanken an Giorgio, an sein festes, muskulöses Fleisch, seine braun gebrannte Haut, an die italienischen Worte, die er heiser flüsterte, als er sie liebkoste, schauderte sie immer noch, Jahre später. Bella, Bellissima, stöhnte er auf, du machste misch verrückte. Sie hatten Restaurants besucht, die sie höchstens aus Hochglanzmagazinen kannte. Er fütterte sie mit Leckereien, die sie niemals zuvor gegessen hatte, stopfte ihr Pralinen und Schokolade in den Mund und erzählte ihr immer wieder in gebrochenem Deutsch, dass er jedes klitzekleine Kilo zu viel an ihr lieben würde. Er hatte sie in der Hotelhalle angesprochen, einfach so, alles war viel einfacher gegangen, als sie für möglich gehalten hatte.

Dann war es so weit. Der Ober im feinsten Restaurant der Stadt lächelte sie an und breitete hilflos die Arme aus. Signora, wir habe da eine kleine Problem … Er wies auf die Kreditkarte und schüttelte den Kopf. Blut stieg ihr in die Wangen. Dass Kreditkarten Limits haben, wusste sie nicht. Noch nicht. Kein Problem, sagte sie so cool wie möglich, schicken sie die Rechnung an das Hotel. Ich überweise ... Giorgio hatte plötzlich unaufschiebbare geschäftliche Termine.

Immerhin waren die Leute von der Lottogesellschaft total nett, als sie anrief und sich nach ihrem Gewinn erkundigte. Ja, die Zahlen, die sie genannt hätte, wären nicht die von Samstag, sondern die der Mittwochsziehung gewesen. Die Dame am Telefon hatte eigens im Computer nachgesehen. Nein, leider. Diesmal hätte es nicht geklappt. Woraufhin sie wortlos den Telefonhörer fallen ließ.

Das anschließende Telefonat mit Erwin war weniger nett. Immerhin hat er dann aber den Heimflug bezahlt, Economy Class, ohne Champagner.

Sie geht jetzt nebenbei putzen, um die Rechnungen aus Rom zu bezahlen. Aber, wie sie beim letzten Mal den Damen der Kegelrunde stolz erzählte, Erwin isst jetzt übrigens auch Nudeln.

Regina Rautenberg arbeitet in der PR-Abteilung einer Immobilienbank in Wiesbaden. Nebenher schreibt sie für einen Verlag Liebesromane. Die Autorin hat bereits den ersten Preis bei einem Kurzgeschichten-Wettbewerb der Stadt Wiesbaden gewonnen.

Katharina Steinhüser

Die Himmel und der Geigen

»Carrie? Carrie Bradshaw?« Die Männerstimme zu meiner Rechten kam mir bekannt vor. Die Tragegriffe meiner neuen Louis Vuitton fest im Griff, drehte ich mich auf den gerade gekauften Manolo Blahniks um und sah – Blümchentapeten. Überall. In Rosa und Mint. Davor einen braunen, massiven Bauernschrank. Dann ein Fenster. Daneben einen Hometrainer der Marke Kettler. Und plötzlich wusste ich es wieder: Ich war nicht in New York.

Ich war in Bottrop. Bei meiner Mutter. Und ich war auch nicht die gut aussehende, erfolgreiche Journalistin Carrie Bradshaw aus »Sex and the City«. Ich hatte alles nur geträumt. Meine große Karriere endete am Empfang einer nicht sonderlich bekannten Unternehmensberatung und meine Attraktivität hält sich in Grenzen. Lediglich mein Name sorgt immer wieder für Aufsehen. Mein Name ist Clara Himmel. Ja, Sie lachen. Dennoch gibt es, passend zu dem sonstigen Verlauf meines Lebens, noch eine Steigerung der Misere: Der Nachname meines noch recht frischen Ex-Freundes Oliver lautet Geigen. Sie können sich vorstellen, dass sich unsere Freunde, wann immer es um das Thema Schwangerschaft ging, schon auf »die Himmel voller

Geigen« freuten. Sehr witzig. Aber das scheint sowieso keinerlei Bedeutung mehr zu haben. Und ich bin selber schuld. Aber fangen wir von vorne an.

Noch vor etwa zwei Monaten war meine Welt völlig in Ordnung. Langweilig, aber in Ordnung. Mit meinem (Ex-)Freund Oliver (34) führte ich (30) seit nunmehr acht Jahren eine gut funktionierende, wenngleich auch etwas eingeschlafene Beziehung. Das soll uns heutzutage erst mal jemand nachmachen!

Schon die Umstände, unter denen wir uns kennen lernten, waren mehr als zweifelhaft: Er rettete mich vor einer Horde Ziegen. Mich und meine damals vier Jahre alte Nichte Charlotte, mit der ich im Zoo einen Sonntagnachmittag verbrachte. Lotte wollte unbedingt in den Streichelzoo, die Tiere füttern. Ich zog also ein Paket Futter aus dem dafür vorgesehen Automaten, riss die Packung auf und gab Charlotte etwas davon in die Hand. Mit der Anweisung, sie möge einfach die flache Hand mit dem Futter darauf der Ziege zum Fraß anbieten. Den Rest steckte ich vorerst in meine Jackentasche, um erstens besser auf Lotte Acht geben zu können und zweitens meine Schwester erzieherisch darin zu unterstützen, dass es nicht immer alles auf einmal gibt.

Leider erschrak Charlotte dermaßen, als die Ziege ihre Hand berührte, dass sie laut aufschrie. Dadurch wurde eine Art Kettenreaktion ausgelöst, in deren Folge Lotte von der gleichermaßen erschrockenen Ziege in den Matsch gestoßen wurde, ich ebenfalls, auf einem Ziegenfladen ausrutschend, in den Dreck fiel, während ich meiner Nichte zu Hilfe eilen wollte und wir beide schlussendlich von wild gewordenen Ziegen ob des verbleibenden Futters attackiert wurden. Super

Sache. Ich hatte also weder erstens besser auf Lotte aufgepasst, noch zweitens pädagogisch wertvoll auf den maßvollen Umgang der Dinge geachtet. Denn natürlich machten sich die heißhungrigen Ziegen sofort über meine Jackentasche und das darin befindliche Futter her. Ich versuchte also krampfhaft, Charlotte und mich aus dieser misslichen Lage zu befreien, als plötzlich über mir die Sonne aufging.

Ein sehr freundliches, männliches Gesicht mit Brille und etwas abstehenden Ohren trat in mein Blickfeld. Und es lächelte, als ob es das Strahlen in einem Atomkraftwerk gelernt hätte. »Kann ich helfen?«, fragten mich die Ohren.

»Nee, lass mal«, antwortete ich, »ich hab gehört, Schlamm ist gut für den Teint.« Wir mussten grinsen. Während er zuerst Charlotte und dann mich von den Ziegen befreite und wieder senkrecht auf dem Boden positionierte, sagte er: »Ich bin Oliver und das« – er nickte über die Schulter zu einem etwa sechs Jahre alten Jungen –, »das ist mein Patenkind Jonas.« Jonas hob grüßend die Hand. Oliver klopfte uns notdürftig den Dreck von den Kleidern, sammelte die vollkommen zerfledderte Futterpackung vom Boden auf, um sie fachgerecht zu entsorgen, und führte uns sanft, aber nachdrücklich aus dem Gehege. »Dein Mann sollte besser auf euch aufpassen«, sagte er mit einem Blick auf Charlotte.

»O nein, das ist nicht mein Mann«, antwortete ich. »Das ist meine Nichte Charlotte.«

»Sehr witzig«, antwortete der Strahlemann. Man konnte ihm die Erleichterung darüber ansehen, dass Lotte nicht meine Tochter war.

Nun ja, daraufhin ergab eines das andere, und nicht

lange nach diesem Vorfall wurden wir ein Paar. Ich zog in seiner Wohnung im Dortmunder Kreuzviertel ein, und sogar Hochzeit und Kinder waren ab und zu ein Thema. Was Ernstes also. Leider haben die meisten ernsten Angelegenheiten auch eine sehr schlechte Eigenschaft: Sie werden auf die Dauer langweilig. Wenn ich morgens aus dem Haus ging, dann schlief er noch, wenn ich abends nach Hause kam, war er in seiner geliebten Café-Bar Erste Geige, die ihm seit zehn Jahren gehörte, und kam erst spät in der Nacht zurück.

Wir lebten so nebeneinanderher und unterhielten uns, wenn wir uns mal sahen, über Dinge, die man sich als Paar halt so erzählt. Ich bin mir sicher, dass wir uns noch liebten. Nur hatten wir uns schon so aneinander gewöhnt, dass die Spannung fehlte. Ab und zu habe ich, nur um der Beziehung mal ein bisschen »Drive« zu geben, den einen oder anderen Streit provoziert. Aber schon bald fühlte ich mich wie damals im Streichelzoo: Oliver hob etwas auf, um es fachgerecht zu entsorgen (meist meine Argumente, mein Geschrei oder mich selbst, wenn ich heulend am Boden lag), und führte mich sanft, aber nachdrücklich aus dem Gehege. Ende der Diskussion.

Frei nach der These meiner Freundin Saskia, die behauptet: »Wer zu wenig Sex hat, beginnt sich für Kultur zu interessieren«, schreibe ich in meiner Freizeit Gedichte und Kurzgeschichten. Diese und andere literarische Werke las ich zweimal in der Woche einer älteren Dame vor, die ich durch Zufall in einem Buchladen kennen gelernt hatte. Sie empfand meine Stimme als so angenehm, dass sie mich als Vorleserin engagiert hatte, da ihre Augen ihr großes Interesse an Literatur leider nicht mehr teilen wollten. Unglücklicherweise habe ich mich aufgrund meines derzeitigen Dilemmas nicht mehr regelmäßig um Frau Leibnitz gekümmert. Wenn diese Sache wie auch immer ausgestanden ist, muss ich unbedingt etwas gegen meinen Egoismus tun.

Neben meiner Beziehung zu Oliver (Note 3) und meinem kulturellen Hobby (Note 1) kommen wir nun zu der dritten und letzten tragenden Säule meines Lebens: meiner Arbeit (Note 6). Ich hatte einen eintönigen, aber sicheren Vollzeitjob in einer kleinen Unternehmensberatung namens Strategy Consulting, in der ich für den Bereich allgemeine Verwaltungstätigkeiten und das Telefon »verantwortlich« war. Der Arbeitsalltag wurde mir von meiner Kollegin und besten Freundin Liane Burg versüßt. Wir verbrachten die Mittagspausen und eigentlich auch unser restliches Leben miteinander und hatten schon oft an eine Legalisierung unserer Beziehung gedacht. Dann fiel uns allerdings immer mein Lebenspartner ein (Liane war schon länger Single) und wir verwarfen diesen Gedanken.

Die Nachricht erreichte uns bei einer unserer zahlreichen und neuerdings mit »Nachsitzen« bestraften Raucherpausen. Jolanta Müller, Chefs Liebling und Tratschtante in einer Person, wusste zu berichten, dass ein alter Schulfreund unseres Chefs, gleichzeitig ein erfolgreicher Verleger, die Absicht hatte, einen eigenen Verlag in Dortmund zu gründen. Starthilfe zur Gründung des eigenen Unternehmens erhoffte er sich nun von Strategy Consulting. Wozu hatte man schließlich Freunde? Schon morgen sollte Leonard Haettenschweiler, so der Name unserer neuen Daseinsberechtigung, zur Besprechung in unser Büro kommen.

»Gehen wir heute Abend zu Enzo?«, fragte mich Liane. Enzo ist unser Lieblings-Italiener. »Nee, tut mir Leid. Bin unfassbarerweise mit Oliver verabredet. Er hat mir die erste Staffel von ›Sex and the City‹ besorgt und wir wollen heute Abend die ersten Folgen gemeinsam gucken.«

»Na!«, entgegnete Liane, »du wirst mir doch wohl nicht untreu?! Seit wann hast du eine Beziehung, in der man gemeinsam etwas unternimmt?«

»Ich weiß auch nicht. Ich glaube es aber auch erst, wenn ich Carrie wirklich sehe und Oliver dabei neben mir sitzt.«

»Dann viel Erfolg! Vielleicht gibt's danach ja auch noch eine Folge von Sex ohne City.« Liane grinste anzüglich.

»Du bist unmöglich!« Ich drückte meine Zigarette aus und ging wieder an die Arbeit. Am nächsten Tag war das Haettenschweiler-Meeting noch in vollem Gange, als Liane und ich in die Mittagspause gingen. Nach mehreren Spekulationen, ob die Dauer der Besprechung nun etwas Gutes oder etwas Schlechtes zu bedeuten hätte, wollte Liane Details über den Verlauf des gestrigen Abends wissen.

Wenn ich gewusst hätte, dass meine darauf folgende Ausführung das Ende meines bisherigen Lebens bedeuten würde, hätte ich vermutlich die Klappe gehalten. Ich wusste es aber nicht, also sagte ich: »Ach, frag nicht! Oliver kam natürlich viel zu spät und hatte die DVD auf der Arbeit liegen gelassen. Ich war todmüde und es gab natürlich jede Menge Zoff. Ich hätte schon vorher wissen müssen, dass das wieder nichts wird. Ich bin dann ohne ihn ins Bett gegangen, und in meinem Selbstmitleid fiel mir dann plötzlich wieder der Film

›Hitch – Der Date Doktor‹ ein, und die Erkenntnis traf mich wie der Blitz. Erinnerst du dich an die Szene, als Alexander Hitchens zu Albert Brannaman sagt: ›Albert! Morgen wird Allegra Cole den allerletzten ersten Kuss ihres Lebens bekommen!‹? Da plötzlich wurde mir bewusst, dass ich nie wieder einen ersten Kuss bekommen würde. Nie wieder dieses bekannte Kribbeln des Unbekannten im Bauch. Nie wieder umworben werden, als wärst du die einzige Frau auf der Welt ... Liane«, und jetzt sagte ich den entscheidenden Satz, »Liane, ich denke, ich hätte gerne eine Affäre!«

Meiner Freundin entglitten sämtlich Gesichtszüge, und noch bevor sie irgendetwas sagen konnte, trat ein großer, gut aussehender Mann neben mich und sagte: »Es tut mir Leid, aber ich habe mit großem Interesse ihren Monolog verfolgt, und ich denke, ich bin die Lösung Ihres Problems.« Mit diesen Worten legte er mir seine Visitenkarte vor die Nase und war ebenso schnell verschwunden, wie er aus dem Nichts aufgetaucht war.

Nun hatte auch ich Mühe, meine Fassung wiederzuerlangen. Ich blickte auf die Karte und mein Herz rutschte in die Hose. Er kam mir gleich so bekannt vor. Liane musste das Plumpsen gehört haben, denn sie nahm mir das Stückchen Papier aus der Hand ... und brach in schallendes Gelächter aus. »Na, das kann ja wieder nur dir passieren! Aber der wäre doch für eine Affäre genau der Richtige. Gut aussehend, vermögend und zudem noch ein angesehener Verleger. Vielleicht kannst du ja deine Kurzgeschichten bei ihm unterbringen?« Sie lachte immer noch. Auch ich musste grinsen. Ausgerechnet Leonard Haettenschweiler gedachte mich zu vögeln.

Zu Hause angekommen, fand ich die Wohnung wie gewohnt leer vor. Und damit meine ich menschenleer. Denn andere Dinge waren ja genügend vorhanden und lagen im Weg herum. Der Frühstückstisch war nicht abgeräumt und Olivers getragene Wäsche war achtlos neben seiner Betthälfte aufgetürmt. Aus dieser Frustration heraus wählte ich Leonards Nummer.

»Ja, bitte?«

»Guten Abend, Leonard, hier spricht Clara Himmel. Sie wurden heute Mittag Zeuge meiner spätpubertären, verbalen Entwicklung von der Romantik zu Sturm und Drang, Sie erinnern sich vielleicht? Und nun frage ich mich, ob Sie ihren Entschluss, mir so kühn Ihre Hilfe anzubieten, bereits bereuen oder ob wir uns eventuell zu einem Problemlösungsgespräch bei einem Italiener Ihrer Wahl zusammenfinden sollten.«

WOW! Ich fand mich klasse. Intelligent. Souverän. Sexy. Leonard antwortete: »Clara, schön, dass Sie sich melden. Ich war schon etwas in Sorge, dass ich Sie vielleicht zu sehr erschreckt habe mit meiner Aktion. Aber Ihre Inbrunst hat mich darin bestärkt, so direkt auf Sie zuzugehen. Normalerweise ist das nicht meine Art. Aber Sie gefallen mir. Sie haben mir schon gefallen, als Sie mir gestern bei Strategy Consulting die Tür öffneten. Von da an wollte ich Sie näher kennen lernen. Ich habe Sie und Ihre Freundin bis zu dem Italiener verfolgt und dort auf eine gute Gelegenheit gehofft. Dass Sie mir allerdings eine solche Steilvorlage liefern würden, hätte ich nicht zu träumen gewagt!« Er lachte. »Was halten Sie also davon, wenn wir morgen zusammen essen? Allerdings habe ich mehr Lust auf Sushi als auf Pizza. Ist Ihnen das recht?«

Ich liebe Sushi. Oliver hasst rohen Fisch! Und da

ich mir sicher war, dass mein »Freund« meine Abwesenheit nicht bemerken würde, sagte ich zu. Es wurde ein wunderbarer Abend. Leonard hatte nur Augen für mich. Wir unterhielten uns über Fußball, Kinofilme und Musikrichtungen, diskutierten die Frage, ob nun Rotwein- oder Weißweintrinker die besseren Menschen seien, und besprachen natürlich ausgiebig unsere literarischen Vorlieben. Immer wieder berührte er wie zufällig meinen Arm oder meine Hand, während er sprach.

Ich fühlte mich großartig. Und so ließ ich mich nicht lange bitten, als er mich nach ungefähr 1009 Avocado-Maki-Rolls fragte, ob wir denn in seinem Apartment noch einen Kaffee trinken würden. Der Sex mit Leonard war fantastisch. Neu eben. Danach rauchten wir noch eine Zigarette, verabredeten uns für den übernächsten Tag und ich fuhr befriedigt nach Hause. Im wahrsten Sinne des Wortes. Oliver war natürlich noch nicht da. Und so ging es einige Wochen, bis schließlich der erste Monat von Himmel-Haettenschweiler vollendet wurde.

Oliver hatte immer noch nichts bemerkt. Darüber beschwerte ich mich auch bei Liane. Die hielt mich für vollkommen bescheuert. »Clara! Affären sind dazu da, um unentdeckt zu bleiben. Oliver soll doch auch gar nicht wissen, dass es da noch einen anderen gibt, oder etwa doch?«

»Weißt du«, entgegnete ich, »das ist es ja: Oliver bemerkt nicht einmal, dass ich nicht mehr so oft zu Hause bin. Wie denn auch. Er ist ja selbst nie da. So macht das doch keinen Spaß. Ich bin ihm wohl total egal. Was nützt denn die beste Affäre, wenn ich meine Notlügen – musste länger arbeiten, meine Kreditkarte im Schuhgeschäft hat nicht funktioniert, oder für den richtigen Ernstfall: Ich habe bei Liane übernachtet – nicht anwenden kann. Ich muss etwas unternehmen. Das offensichtliche Desinteresse an meiner Person kann und darf nicht länger ungestraft bleiben!«

»Auweia!«, entgegnete Liane. »Diesen Gesichtsausdruck kenne ich. Clara, mach keinen Mist.«

Und ich tat es doch. Abends stürmte ich in die Erste Geige, zitierte Oliver in sein Büro und fing mit meinen wüsten Beschimpfungen an: »Du interessierst dich NULL für mich oder unsere Beziehung. Woran liegt das? Liebst du mich nicht mehr? Gehe ich dir auf die Nerven? Oder ist dir alles, was nicht zum Interieur deiner Arbeitsstätte gehört, schlicht und ergreifend egal? Wahrscheinlich ist es das!« Kurze Kunstpause, Arme verschränken, wegdrehen. Ihn wieder angucken, Augen zusammenkneifen, dann letzten Trumpf ausspielen: »Du hast eine andere! Es ist Yvette, richtig? Klar, die kellnert ja auch den ganzen Tag hier rum und erzählt dir, wie toll doch deine Geige ist. Jetzt wird mir auch klar, dass sie nicht nur dein Café damit meint! Weißt du was? Da dieses Etablissement hier offensichtlich nach Feierabend zu einer Ausziehbar mutiert, kannst du von heute an ebendiese Funktion deiner Couch hier noch regelmäßiger nutzen. Es ist besser, wenn wir uns trennen!« Keine Reaktion abwarten, weil sonst Rückzieher wahrscheinlich, umdrehen und ab!

Toller Auftritt, dafür köpfte ich erst mal die Flasche Barolo, die ich mir für einen besonderen Anlass aufbewahrt hatte. Liane nahm sich ein Glas aus dem Küchenschrank, setzte sich neben mich und goss sich ebenfalls ein Glas ein. »Du hast WAS??«, fragte sie entsetzt. »Du kannst ihm doch nicht einfach ein Verhältnis unterstellen und ihn dann rechtfertigungslos abservieren! Er hat doch – ganz im Gegensatz zu dir – nichts getan!«

»Ja, aber das ist es doch gerade. Er tut nichts. Nie. Zumindest nicht für uns. Da musste ich doch mal ein Zeichen setzen. Wenn er um mich kämpft, dann kehre ich vielleicht zu ihm zurück!«, räumte ich großzügig ein.

»Bei allem Respekt, Clara, du hast sie nicht mehr alle! Du glaubst doch nicht im Ernst, dass Oliver sich nach diesem Auftritt noch bei dir meldet. Ich persönlich bin der Meinung, du hast es versaut!«

»Ich fasse es nicht! Auf wessen Seite stehst du eigentlich? Du bist doch nur neidisch, weil ich zwei Männer habe und du schon lange keinen einzigen mehr!«

Ups. Hatte ich das gerade wirklich gesagt? Zu spät. Prompt kam Lianes Reaktion: »Weißt du was, Clara Himmel? Wenn sich dein Verstand wieder deinem Vornamen angepasst hat und du deinen emotionalen Supergau mit dir und deinem zweiten Ich ausgetragen hast, dann ruf mich an. Bis dahin halte ich es für besser, wenn du mich in Ruhe lässt!« Keine Reaktion abgewartet, obwohl Rückzieher unwahrscheinlich, umgedreht und ab. Toller Auftritt, wäre er von mir gewesen. War er aber nicht. Darum brach ich nach dem Türknallen in hemmungslose Heulerei aus.

Musste darüber wohl auf der Couch eingeschlafen sein, denn ich erwachte am nächsten Morgen da, wo ich mich am Vorabend meinem Selbstmitleid hingegeben hatte. Ich fühlte mich wie gerädert. Im Büro ging mir mein Chef auf den Wecker und Liane aus dem Weg. Mir blieb nichts anderes übrig, als alleine in die

Mittagspause zu gehen. Ich hasse das. Das sieht immer so aus, als könnte einen niemand leiden.

Da sitze ich also alleine bei einem Latte Macchiato in einem Straßencafé, als eine mir gleichermaßen bekannte wie verhasste weibliche Stimme meinen Namen ruft. »Clara? Clara Himmel? MeinGottwielange istdasjetzther? Ichdachtewirwürdenunsniemehrwiedersehen!« Gilda van Meyer, meine alte Schulkollegin. Sie redete immer noch schrill und ohne Luft zu holen.

»Hallo, Gilda, du hast dich ja gar nicht verändert.«

»Najaschoneinbisschen. Wasdagegenwennichmichsetze?« Sie saß bereits und hatte ebenfalls einen Latte geordert. Während unseres Gesprächs – ich korrigiere: ihres Monologs – wurde mir mitgeteilt, dass sie nach zwei abgebrochenen Studiengängen (Grundlagen und Anwendung der Montessori-Pädagogik und Lettische Nautik im achtzehnten Jahrhundert) und einer abgeschlossenen Ausbildung zur Zahnarzthelferin bei einer Botho-Strauß-Inszenierung am Bochumer Prinz-Regent-Theater endlich den Mann fürs Leben kennen gelernt hatte. Mit dem sei sie jetzt verheiratet und habe zwei liebreizende Kinder. Gelangweilt nippte ich an meinem Kaffee. »LeonardistsogutzumirunddenKindern.EristVerlegerundkauftunsdenHimmelaufErden. Hihihihi.«

Der Latte fiel mir aus der Hand und die Himmel verlor die Erde unter den Füßen. Der braune Milchschaum ergoss sich über meine neue weiße Bluse. Ohne Gilda Nicht-mehr-van-Meyer-sondern-verheiratete-Haettenschweiler noch eines Blickes zu würdigen, verließ ich fluchtartig das Café. Verdammte Scheiße, das war ja klar. Für immer wollte ich Leonard ja nicht, aber verheiratet musste er auch nicht unbedingt sein.

Ich konnte es nicht fassen. Erst einmal nach Hause, umziehen. Der sollte mich kennen lernen. Mir so ein grundlegendes Detail einfach zu verschweigen!

Da ich wusste, dass er heute Nachmittag bei Strategy sein würde, fasste ich einen perfiden Plan: Zu Hause angekommen, zog ich mich um, schnappte mir die angebrochene Flasche Barolo und fuhr zurück ins Büro. Ich rauschte an der noch völlig ahnungslosen Liane vorbei ins Meeting und ergoss den restlichen Inhalt des kostbaren Genussmittels über Leonards teuren Brioni-Anzug. »Ja, mein Lieber«, sagte ich aufgebracht, »auch ich bin mal zur Schule gegangen. Pech für dich, dass es die gleiche war, auf der Gilda sich befand! Und die habe ich vorhin getroffen. Keine Angst, ich habe ihr nichts von uns erzählt. Genauso wenig, wie du mir von euch!«

Dann ging alles ganz schnell. Leonard brüllte, dass er sich das nicht gefallen lassen müsste, und drohte, den Auftrag platzen zu lassen, ich schrie ihn an, dass er mir ja nur hätte sagen müssen, dass er verheiratet sei, und mein Boss rief: »Zur Hölle mit Ihnen, Himmel! Sie sind gefeuert!« Das zweite Mal an diesem Tag sah ich mich gezwungen, eine Örtlichkeit fluchtartig zu verlassen. Da ich mir innerhalb von zwei Tagen sämtliche meiner sozialen Kontakte vergrault hatte, wusste ich nicht wohin und fuhr notgedrungen zu meiner Mutter.

Und da war ich nun. Hatte die Nacht in meinem alten Zimmer verbracht, und so langsam dämmerte mir, dass ich auf den großen Kreuzungen des Lebens einmal zu oft falsch abgebogen war. Ich war todunglücklich. Das musste ja mal so kommen.

Soll ich Ihnen sagen, was ich normalerweise tue, wenn ich mal wieder total mit meinem Leben im Allgemeinen und der Gesamtsituation im Besonderen unzufrieden bin? Ich ziehe um. Natürlich nicht in Wirklichkeit, denn eigentlich weiß ich ja, dass weglaufen nicht hilft. Nein, ich mache das virtuell. Ich suche mir über diverse Homepages in irgendeiner anderen Stadt eine tolle Wohnung, einen neuen Job und informiere mich über das dortige Freizeitangebot. Anschließend stelle ich mir vor, wie es wäre, ganz von vorn anzufangen. Das Dumme ist nur, meine Mutter hat kein Internet! So saß ich also hier und bedauerte mich selbst. Wenigstens etwas, was ich gut konnte. Die Inszenierung dramatischen Selbstmitleids habe ich schon in frühen Kindertagen perfektioniert. Ein Hobby, sozusagen.

Das Klopfen an der Tür riss mich aus meinen Gedanken. »Bist du schon wach, Clara?« Meine Mutter hatte wie früher, wenn es mir schlecht ging, einen großen Becher Kakao mitgebracht, der unweigerlich die Aufforderung zur detailgenauen Beschreibung meines Problems darstellte. Gestern nach meiner Ankunft war ich noch so fertig, dass sie mich in Ruhe ließ und mich nicht bedrängte. Diesmal war eine Flucht undenkbar, also erzählte ich ihr, was vorgefallen war.

»Ach, Kindchen«, sagte sie, »das wird schon wieder.« Typisch! »Lass uns mal überlegen: Fürs Erste kannst du natürlich hier wohnen. Dann solltest du dich unbedingt mit Liane aussöhnen. Außerdem würde ich an deiner Stelle mal wieder mit dieser älteren Dame, wie hieß sie noch … ach ja, Frau Leibnitz, telefonieren. Vielleicht kannst du ihr mal wieder etwas vorlesen, du brauchst jetzt etwas zu tun, um dich abzulenken. Um die Sache mit deinem Job und vor allem mit Oliver kümmern wir uns später. Geh jetzt duschen, ich mache uns Frühstück.«

So war sie, meine Mutter. Als ich aus der Dusche kam, hatte ich zwei SMS auf meinem Handy. Die erste war von Liane. »Habe von Jolanta erfahren, was passiert ist. Prosecco zum Abendessen, du gefühlskaltes Monster?« Na wenigstens etwas. Liane war nicht mehr sauer. Die zweite war von Leonard. »Ich glaube, unter diesen Umständen ist es besser, wenn wir uns nicht mehr treffen. Ich habe Gilda nichts von dir erzählt, sage auch du Oliver nichts. Wir tun einfach so, als wäre das alles nicht passiert. Schönes Leben noch, L.«

Na, der macht es sich ja einfach. Aber mir sollte es recht sein. Durch diese ganze Geschichte war mir nämlich klar geworden, was ich wirklich wollte: Oliver. Er fehlte mir jetzt schon, und ich wusste nicht, wie ich es anstellen sollte, dass er mich nicht mehr für eine total hysterische und durchgeknallte Plumpskuh hielt. Nach dem Frühstück rief ich Frau Leibnitz an. Sie freute sich, von mir zu hören, sagte, sie hätte sowieso etwas mit mir zu besprechen (was hatte ich nun wieder angestellt?), und wir verabredeten uns für den Nachmittag.

Als ich ankam, bemerkte sie sofort, dass ich nicht ganz bei der Sache war, und nachdem ich mich mehrfach unkonzentriert verlesen hatte, fragte sie mich, was los sei. Ich schilderte ihr kurz meine missliche Ohne-Job-und-ohne-Mann-Situation, verschwieg aber die (für mich hässlichen) Details. »Ach Clara, das tut mir so Leid für Sie. Sie sind so ein nettes Mädchen. In Ihrem Alter sollte man doch nicht solche Sorgen haben. Vielleicht kann ich Ihnen zumindest bei Ihrem Job-Problem helfen.«

Ich konnte es nicht glauben. Sie hielt mich für ein nettes Mädchen, dabei hatte ich in den letzten Tagen völlig mutwillig alles niedergewalzt, was mir lieb und teuer war. Was war bloß in mich gefahren? Ich beschloss, meinen Arzt zu fragen, ob es auch Fälle der Mitlife-Crisis Anfang der Dreißiger gab. »Ach, Frau Leibnitz«, sagte ich, »das ist lieb, aber …«

»Nichts aber, meine Liebe! Ich habe mir herausgenommen, Ihre Kurzgeschichten meiner Tochter vorzulegen. Sie arbeitet bei einer Frauenzeitschrift als Redakteurin. Sie findet sie brilliant, und da dieses Magazin gerade eine Kolumnistin sucht, habe ich ihr auch gleich Ihre Telefonnummer gegeben. Sie wollte Sie in den nächsten Tagen anrufen.«

WOW! Mir schossen die Tränen ins Gesicht. Hatte ich das verdient? Diese Frage erörterte ich abends mit Liane, nachdem ich mich mit einer Bruce-Willis-Special-DVD und Häagen-Dazs Cookies and Cream bei ihr entschuldigt hatte. »Weißt du«, sagte ich, während ich mir das Eis in den Mund schob, »bei dem ganzen Schlamassel sind mir zwei Dinge klar geworden. Erstens: Ich glaube, manchmal muss man aus sich selbst ausbrechen, um herauszufinden, was einem fehlt. In den letzten Tagen und Wochen hatte ich das Gefühl, nicht ich selbst zu sein. Ich habe mein persönliches Glück irgendwo anders gesucht, obwohl es bei mir zu Hause wohnt. Und dahin möchte ich jetzt wieder. Zurück nach Hause! Und zweitens: Diesen Job zu verlieren war wahrscheinlich das Beste, was mir je passieren konnte.« Ich berichtete von Frau Leibnitz und dem Job beim Frauenmagazin. »Ich sag's ja«, kommentierte Liane, »du hast aber auch immer eine Sahne! Jetzt müssen wir nur das Oliver-Ding wieder ans Laufen kriegen. Und das, obwohl er nicht ans Telefon geht, wenn du dich bei ihm entschuldigen willst. Und ich weiß auch schon wie!«

Zwei Tage später stand Oliver gerade hinter der Theke in der Ersten Geige, als der Postbote mit einem Päckchen für ihn das Café betrat. Oliver quittierte den Erhalt und öffnete es. Darin befand sich ein Päckchen Ziegenfutter aus dem Streichelzoo-Automaten und ein Zettel mit Claras Handschrift, auf dem stand: »Streichelzoo, Tierpark Dortmund, morgen 15:00 Uhr. Ich bin die einzige Ziege im Gehege, die auf zwei Beinen steht.« Oliver musste grinsen. Er war zwar immer noch sauer auf Clara und hatte nicht auf ihre Anrufe reagiert. Nach dieser Aktion aber wurde ihm wieder bewusst, wie sehr er dieses verrückte Huhn liebte. Sie fehlte ihm und so beschloss er, sich am nächsten Tag auf Claras Inszenierung ihres Happy Ends einzulassen.

Er sah schon von weitem, dass sie mal wieder Probleme mit ihren tierischen Artgenossen hatte, und kam gerade noch rechtzeitig, um ihren Sturz in den Matsch zu verhindern. »Kann ich helfen?«, fragte er.

»Ja bitte!«, antwortete Clara, »die Zeiten der Schlammschlachten sind vorbei. Weiß doch jeder, dass Liebe viel besser ist für den Teint.«

Katharina Steinhüser schreibt seit ihrem 10. Lebensjahr Texte und Gedichte. Die Dortmunderin war jahrelang Regieassistentin am Bochumer Prinz-Regent-Theater, bevor sie als Werbekauffrau arbeitete. Seit der Geburt ihrer Tochter ist sie in der Elternzeit.

Doris Zuidema *Als wäre nichts geschehen*

»Genieß es, okay?«, sagte Uwe, nahm sie ganz fest in seine Arme, hob sie ein Stückchen hoch und wirbelte sie einmal herum. So wie früher. »Und komm heil wieder nach Hause, du weißt, ich brauche dich hier.«

»Mich oder meine Arbeitskraft«, gab sie spöttisch zurück.

»Deine Arbeitskraft natürlich.« Uwe lachte. Sie küssten sich noch einmal, bevor sie sich in den Zug setzte, warfen sich Handküsschen zwischen Abteil und Bahngleis hin und her. Als der Zug losruckte, lehnte sie sich mit einem Seufzer in ihren Sitz zurück. Sie war auf dem Weg, ihren Mann zum ersten Mal in ihrem Leben zu betrügen.

Genieß es, okay? – Wenn Uwe wüsste, welche Bedeutung dieser Satz haben würde. Sie hatte schon ein schlechtes Gewissen, bevor sie es überhaupt getan hatte, wenn sie es überhaupt tun würde. Fünfzehn Jahre war sie mit Uwe verheiratet. Gemeinsam leiteten sie ein Hotel mit Restaurantbetrieb, Sauna, Solarium, Biergarten, und obwohl das Hotel auf dem Lande lag, waren sie ausgebucht: Hochzeiten, Seminare, Fahrradtouristen. Ihr Hotel war bekannt für seine gepflegte Atmosphäre und vor allem für gutes Essen. Als Uwe und sie das Hotel vor Jahren von Uwes Eltern übernommen hatten, war das noch nicht so gewesen. Aber Uwe und sie hatten geschuftet und organisiert, gemanagt und geworben. Sie hatten es geschafft.

Und Uwe selbst? Gut, er war ein bisschen in die Jahre gekommen. Er sah nicht außergewöhnlich gut aus, für einen Mann war er eher klein, seine Haare wurden schütter, und ein kleines Bäuchlein hatte er auch. Aber für sie war er schön. Sie liebte ihn, seinen Humor, seine Warmherzigkeit, sein Vertrauen zu ihr. Überdies war er ein zärtlicher Liebhaber. Doch sie wollte eine fremde Berührung, die leidenschaftliche Erkundung eines anderen Körpers. Der Mann spielte dabei keine große Rolle, sondern sie, sie selbst. Sie wollte das Prickeln spüren und zerfließen. Auch wenn Sex mit Uwe schön war, würde sie diese Glut mit ihm nicht mehr erleben können. Zu dicht standen sie beieinander, zu vertraut und zu alltäglich.

Sie sah aus dem Fenster. Die Landschaft wurde flacher. Gräben durchzogen Wiesen, auf denen schwarzbunte Kühe weideten. Bald würden sie Ostfriesland erreichen und durchqueren. Dann würde sie umsteigen auf die Fähre nach Borkum.

Schon lange hatte sie diese Sehnsucht in sich gespürt, doch erst im vergangenen Winter war aus einem unbestimmten Sehnen eine konkrete Vorstellung geworden. Wie jetzt auch hatte sie ein Seminar des Deutschen Hotel- und Gaststättenverbandes besucht, um sich weiterzubilden. Am Rande gab es auch immer die Möglichkeit, mit anderen Gastronomen zu sprechen. Sonst waren Hoteliers Einzelkämpfer. Das Seminar war eine gute Möglichkeit, sich auszutauschen. Im vorigen Jahr hatte es in Bregenz am Bodensee stattgefunden, und dort hatte sie Andreas kennen gelernt. Groß, grau und mit stahlblauen Augen, die sich nicht mehr von ihr abwandten. Vom ersten Moment an hatten sie sich voneinander angezogen gefühlt und sich aufeinander zubewegt, wie zwei Marinonetten, die an Fäden gezogen wurden. Sie hatten lange kalte Winterspaziergänge am Bodensee gemacht, sich mit Schnee beworfen, waren mit der Seilbahn auf den Pfänder gefahren, hatten eine klirrende Winternacht in einer urigen Kneipe bei Grünem Veltliner ausklingen lassen. Auf dem Heimweg hatte er sie geküsst. Doch als sie gespürt hatte, dass ihre Knie weich wurden und ihr Körper so willig, hatte sie ihn sanft von sich geschoben. »Ich bin verheiratet.«

Warum hatte sie das getan? Wem hätte es schon geschadet? Uwe hätte niemals davon erfahren. Das fragte sie sich nun schon seit einem Jahr. Und jedes Mal, wenn sie nachts nicht schlafen konnte, dachte sie an Andreas und malte sich aus, was er sagen würde, was sie sagen würde und wie sie sich letztlich gegenseitig mit Haut und Haar verschlingen würden. Und jedes Mal spürte sie, wie sich ihr Körper vor Lust nahezu schmerzhaft öffnete.

Der Zug hatte den Borkumkai von Emden erreicht. Sie war froh, dass sie keinen Koffer zu schleppen hatte, das Gepäck war schon vorausgeschickt. Sie schulterte ihre Handtasche und stieg aus. Der Himmel war blau. Kein Wölkchen war zu sehen. Möwen ließen sich auf dem böigen Wind dahintreiben. Die Fähre lag schon am Kai. Sie lief über den Steg und ließ ihre Fahrkarte von einem verschlafenen, offenbar verkaterten Matrosen abknipsen. Seine Hände zitterten leicht. Zunächst schlenderte sie an Deck, doch nachdem das Schiff abgelegt hatte, wurde es da oben eiskalt. Die anderen Seminarteilnehmer würden sich sicher ganz unten im Schiff in der Raucherzone zusammenrotten und ihre ersten Klaren kippen. Fast jeder Gastronom konnte offenbar Unmengen trinken und rauchen. Doch sie hatte keine Lust auf lärmende Geselligkeit. Um ungestört zu sein, suchte sie sich im Nichtraucherbereich einen Platz in der hintersten Ecke. Viel war hier oben nicht los. Verstreute Touristen und Einheimische, die auf Plattdeutsch plauschten, damit auch ja keiner von den Fremden sie verstand. Auch wenn sie versuchte, nicht weiter über ihr Vorhaben nachzudenken, schweiften ihre Gedanken immer wieder zu Andreas, und eine erotische Erregung bemächtigte sich ihrer. Oder sie schweiften zu Uwe, und sofort nagte das schlechte Gewissen an ihr.

Gegen Ende der zweieinhalbstündigen Überfahrt wurde sie dann doch entdeckt. Vom dicken Neuhuber aus Coburg, einem riesigen, rotgesichtigen Kerl, der sie schwitzend und schnaufend begrüßte. Im Schlepptau hatte er ein kleines Männchen mit dünnem Haar. »Das ist Meyer, der wohnt auch im Inselsturm«, stellte Neuhuber ihn ihr vor, und um etwas Höfliches zu sagen, fragte sie: »Nehmen Sie auch am Seminar teil?«

»Nein, ich habe einen anderen Auftrag«, erwiderte das merkwürdige Männchen und gab ihr die Hand. Mit Rasierwasser übertünchter Schweißgeruch ging von ihm aus, und sie war froh, dass das Tuten der Schiffssirene die Ankunft auf Borkum ankündigte und das Gespräch unterbrach.

Mit der kleinen, historischen Bimmelbahn tuckerten sie zum Ortskern und wanderten – nun schon in einer kleinen Gruppe anderer Seminarteilnehmer, die sich gegenseitig freudig begrüßten – zum Inselsturm, dem ersten Hotel am Platze.

An der Rezeption wartete sie, bis sie an der Reihe war. Der junge, gepflegte und unverbindlich freundliche Concierge gab ihr ihren Schlüssel. »Haben Sie eine Liste, wer noch an dem Seminar teilnimmt?«, fragte sie. Als der Concierge sie ihr überreichte, überflog sie die Liste auf der Suche nach Andreas Namen. Tatsächlich. Er würde kommen. Oder vielleicht war er schon da?

Plötzlich stand das kleine Männchen – wie hieß er noch gleich? – wieder neben ihr und lugte neugierig auf das Blatt.

»Suchen Sie jemanden?«

»Nein, ich schaue nur so aus Interesse«, sagte er.

»Aber nicht bei mir«, gab sie zurück und eilte zum Fahrstuhl. Was für ein widerlicher Kerl.

Als sie eine Stunde später frisch geduscht und in einem schlichten Hemdblusenkleid aus grüner Seide den Speisesaal betrat, sah sie ihn sofort. Da stand er, groß, schlank, breitschultrig und grauhaarig. Er wirkte ernst, aber als er sie sah, leuchteten seine blauen Augen.

»Ah, das ist er.« Er lächelte und reichte ihr die Hand.

»Wer?«, fragte sie.

»Der einzige Grund, warum ich heute hier bin.«

»Nun übertreib mal nicht.« Sie lachte und spürte, wie sie ein kleines bisschen rot wurde. Wie ein Teenager, lächerlich.

»Erweist er mir die Gunst, mit mir zu speisen?«, fragte er.

»Okay, der Grund kommt mit«, gab sie zurück und ließ sich von ihm an einem mit zwölf Personen besetzten Tisch den Stuhl zurechtrücken. Appetit hatte sie keinen, sie war viel zu aufgeregt. Nach dem Abendessen, an dem gefachsimpelt und über die schlechte wirtschaftliche Lage, die arbeitgeberfeindlichen Politiker geschimpft und jede Menge Alkohol getrunken worden war, löste sich die Gesellschaft allmählich auf. Sowohl Andreas als auch sie hatten sich kaum an der Unterhaltung beteiligt. Sie hatten nur Augen füreinander.

»Wollen wir einen kleinen Spaziergang machen?«, fragte er.

»Gerne, aber ich muss mich noch schnell winterfest umziehen.«

»Denn man tau, oder wie die Leute hier sagen.«

Es war stockfinster und stürmisch, als sie am Wasser entlanggingen. Die Wellen wüteten an den Strand, feiner Sand stach wie Nadelstiche. Völlig durchgepustet suchten sie sich eine wohlig warme, verräucherte Kneipe am Dorfrand. Dort saßen nur Einheimische an der Theke. In einer kleinen Nische setzten sie sich an einen Tisch und tranken Grog zum Aufwärmen. Später konnte sie sich kaum daran erinnern, was sie einander erzählt hatten. Sie hatten gescherzt und gelacht und geflirtet, doch eigentlich hatte sie nur die leuchtend blauen Augen in Erinnerung und das Kribbeln, das sie am ganzen Körper spürte. Als sie nach Mitternacht das Lokal verließen, gingen sie Arm in Arm auf der Dünen-Innenseite, dort, wo der Sturm nicht ganz so heftig wehte. Vor dem Hotel küsste er sie. Und dann küsste sie ihn.

»Und nun?«, fragte sie forsch.

»Zu dir oder zu mir?«, gab er zurück.

»Zu dir.« Sie holten ihre Hotelschlüssel von der

Rezeption, und schon im Fahrstuhl konnten sie nicht mehr voneinander lassen. Kaum waren sie in seinem Zimmer angekommen, zogen sie sich gegenseitig aus und gaben sich ihrer Leidenschaft hin. Andreas hatte sofort einen Orgasmus. »Sorry«, sagte er zerknirscht. »Ich wollte nicht so schnell …«

»Ich fasse das als Kompliment auf«, erwiderte sie. »Und es wird doch nicht das letzte Mal heute Nacht gewesen sein, oder?«

Es wurde nicht das letzte Mal. Die ganze Nacht hindurch tauschten sie Zärtlichkeiten aus und liebten sich mit stürmischem Verlangen. Ganz früh am nächsten Morgen ließen sie sich das Frühstück ins Zimmer bringen. Sie fühlte sich müde und wach und glücklich und warm und wohl und ohne Zeit und Raum.

»Müssen wir auf das doofe Seminar?«, fragte er.

»Ja, ich muss«, erwiderte sie. »Sonst merken die Kollegen noch, dass ich nur deinetwegen gekommen bin.«

Sie stiegen gemeinsam in die Wanne, wuschen sich gegenseitig, küssten sich, streichelten einander und landeten dort, woher sie gerade erst gekommen waren – im Bett.

Das Seminar würde den ganzen Tag dauern, aber den Abend und die Nacht würde sie noch mit ihm genießen können, bevor sie nach einem weiteren Seminartag mit Abschlussbesprechung um 17 Uhr die Fähre besteigen würde. Andreas war wie die meisten anderen Kursteilnehmer mit dem Flugzeug gekommen.

Auf die Themen konnte sie sich an diesem Tag nicht konzentrieren, und sie musste sehr an sich halten, um nicht verliebte Kritzeleien auf ihren Block zu malen. Beim Mittagsbuffet standen Andreas und sie eng beieinander und jede Berührung ihrer Hände löste Stromstöße aus.

Als sie sich den Nachtisch holte, fragte plötzlich eine bekannte Stimme: »Na, ganz schön verliebt, was? Lassen Sie den Mann überhaupt noch mal alleine?« Der schmierige Widerling stand neben ihr.

»Ich wüsste nicht, was Sie das angeht!«, fauchte sie, aber in Wirklichkeit war sie tief verunsichert. War es denn wirklich so deutlich, dass sie sich auf eine Liebelei eingelassen hatte? Merkten andere das auch? Was, wenn jemand Uwe davon erzählte!

Doch das Gefühl, ertappt worden zu sein, hielt nur bis zum Ende des Tagesprogramms. Andreas und sie gingen nicht mal zum Abendessen. Stattdessen stürmten sie förmlich aufeinander los und ließen sich nicht mehr aus den Armen. Sie liebten sich mit einer Sehnsucht, als würden sie ihre Körper für immer miteinander verbinden wollen. Ganz früh am nächsten Morgen, nach einer durchliebten und durchküssten Nacht, als sie sich aneinander schmiegten, fragte er sie: »Kommst du mit?«

»Wohin?«, fragte sie erstaunt.

»Ich werde dieses Land verlassen. Komm mit!«

»Warum? Wohin gehst du?«, fragte sie überrascht.

Sein schmales Gesicht schien einzufallen. »Ich stecke bis zum Hals in Schulden. Mein Hotel lief nicht richtig. Da habe ich in Stuttgart mehrere ältere Immobilien gekauft und Mietwohnungen daraus gemacht. Dachte, dass ich damit mein Unternehmen retten könnte. Pah!«

»Es hat nicht geklappt?«, fragte sie

»Heute gibt es genug Mietwohnungen. Meine Wohnungen sind alt. Zum Investieren fehlt mir das Geld.

Also kann ich sie nur billig vermieten, an Studenten oder Ausländer oder andere, die sich nichts Teureres leisten können. Ständig habe ich Mieterwechsel, und einige Leute verlassen die Wohnungen in einem Zustand, dass man sie gleich abreißen könnte.«

»Brauchst du Geld? Kann ich dir helfen?«, fragte sie, erstaunt über sich selbst.

Aber Andreas winkte ab. »Ich zahle mehr Zinsen im Monat, als andere für ihr ganzes Haus ausgeben. Nein. Mein Zug ist nicht nur entgleist, er ist schon über die Klippe gerast. Es dauert nur noch Sekunden bis zum Aufprall. Entweder Knast, tot oder weg. Also weg. Wohin, ist eigentlich egal.«

Sie schwiegen eine Weile.

»Also, was ist? Kommst du mit? Ein neues Leben beginnen?«, fragte er.

»Ich kann nicht«, sagte sie ohne Zögern. »Du weißt …«

»… ich bin verheiratet«, ergänzte er den Satz. Als er ihr betrübtes Gesicht sah, lächelte er sie an. »Mach dir keine Gedanken. Ich werd's überleben. Aber mit einer Frau wie dir hätte ich das Leben hier bestimmt auch besser hingekriegt.«

»Mit einer Frau, die dich dann betrügt?«, fragte sie schnippisch.

»Na, na, wer wird denn gleich so selbstkritisch sein?«, fragte er und knabberte an ihrem Ohrläppchen. Und wieder fielen sie einander in die Arme.

Auch an diesem Tag bekam sie von dem Seminar nicht viel mit. Sie war in Träumen an die vergangenen Stunden mit Andreas versunken und wurde jedes Mal ganz feucht. Hoffentlich endete das Seminar früh genug, damit sie Andreas noch auf Wiedersehen sagen konnte. Nach Kursende eilte sie nach oben, packte ihre Koffer, gab ihr Gepäck und ihren Zimmerschlüssel an der Rezeption ab und rannte die Treppen hoch in den dritten Stock zu Andreas. Sie hatte noch eine Viertelstunde Zeit, bevor die Bimmelbahn Borkum verließ. Die Tür zu seinem Zimmer war nur angelehnt. Sie klopfte und schob sie dann vorsichtig auf. »Andreas?«, rief sie.

Da lag er. Neben dem Bett. Ein blutendes Loch im Kopf. »Andreas!«, schrie sie, rannte auf ihn zu, drehte ihn um. Er war tot. Erschrocken fuhr sie zurück. Noch bevor sie sich über die Gründe seines Todes Gedanken machen konnte, nahm sie einen Geruch wahr. Schweiß, übertüncht mit Rasierwasser. Sie drehte sich um. Der kleine widerliche Kerl stand vor ihr. Hielt eine Pistole in der Hand. »Na, hast ihn ja doch mal allein gelassen, Schätzchen«, triumphierte er. »Schade, dass ich dir nun auch ein Loch in dein hübsches Köpfchen pusten muss.«

»Sie haben ihn umgebracht!«, schrie sie. »Das war Ihr Auftrag! Darum wollten Sie die Liste sehen! Darum hat es Sie gestört, dass …«

»Dass du mit ihm rumgevögelt hast? Ja, Schätzchen.« Er grinste schmierig.

Plötzlich reagierte sie. Ohne Plan, ohne nachzudenken. Sie sprang auf den Mann zu und schlug ihm die Pistole aus der Hand. Als er seine Finger um ihren Hals schloss, trat sie zu. Voll in den Unterleib. Der Widerling jaulte auf und ging in die Knie. Sie war verblüfft: Sie hatte getroffen!

Sie schnappte ihre Handtasche und rannte wie von Furien gehetzt über den Gang die Treppe hinunter, raus auf die Straße. Weg, weg, schnell weg von hier.

Als sie um die Ecke bog, sah sie die Bimmelbahn abfahren. Sie schrie, winkte. Die Bahn hielt nicht. Sie lief und lief auf der verlassenen Straße an den Gleisen entlang. Es fing an zu regnen. Der Regen kühlte sie ab. Die Bimmelbahn hatte noch eine Haltestelle auf halbem Weg. Wenn sie die nur rechtzeitig erreichen könnte. Aber sie schaffte es nicht. Wieder fuhr ihr die Bahn vor der Nase davon. Sie rannte. Bekam Seitenstechen. Musste ein paar Schritte gehen und tief Luft holen. Sie musste es auf die Fähre schaffen! Weiter, weiter. Der Regen wurde stärker, sie war schon völlig durchnässt. Als sie den Anleger sah, lag das Schiff noch da. Sie mobilisierte die letzten Reserven und rannte um ihr Leben. Keiner kontrollierte sie. Wahrscheinlich beim Aussteigen, dachte sie flüchtig. Sie rannte die beiden Treppen hinunter in den Raucherbereich. Setzte sich an einen Tisch, von dem aus sie den Steg im Blick hatte.

»Was kann ich Ihnen bringen?«, fragte eine Stimme.

»Einen doppelten Whiskey und eine Schachtel Marlboro«, antwortete sie. »Und Streichhölzer.«

»Wir haben nur Feuerzeuge.«

»Dann das«, sagte sie geistesabwesend. Als der Kellner kam, kippte sie den Whiskey mit einem Zug hinunter. »Noch einen«, rief sie ihm hinterher und zündete sich mit zitternden Fingern eine Zigarette an. Die erste nach vierdreiviertel Jahren. Die Schiffssirene tutete. »Leg ab, leg ab, leg ab«, bettelte sie innerlich. Sie sah, wie die dicken Schiffstaue gelöst wurden, wie der Steg ein kleines bisschen nach oben ging, doch da sprang im allerletzten Moment der Widerling an Bord. Sie schluchzte auf.

»Er wird mich suchen. Ich muss weg!« Sie knallte dem verdutzten Kellner, der ihr gerade den zweiten Whiskey hatte bringen wollen, 20 Euro aufs Tablett und rannte auf die Damentoilette. Sie sah sich im Spiegel. Furchtbar. Riesige Augen, leichenblass, strähnige Haare. Sie schloss sich auf dem Klo ein, setzte sich auf den Toilettendeckel, zog die Füße hoch und war froh, dass die Wände bis zur Decke gingen. Froh, dass das Schiff so viel Lärm machte. Sie wartete. Du musst denken, denken, ermahnte sie sich. Ihr Herz raste.

Und richtig. Der Kerl suchte sie. Plötzlich hörte sie jemanden in die Damentoilette poltern, der offenbar die drei Türen abschritt und darunter lugte. Schweiß und Rasierwasser drangen an ihre Nase. Sie traute sich kaum zu atmen, obwohl sie wusste, dass es hier viel zu laut war, als dass er sie hätte hören können. Er fluchte und verschwand. Vielleicht wartete er draußen auf sie? Was dann? Sie brauchte einen Plan. Konzentrier dich. Denk nach! Sie kramte leise in ihrer Tasche. Ein Lippenstift. Tampons. Ihr Lieblinsparfüm. Eine Nagelfeile. Haarspray. Ihre Brieftasche. Ihr Portemonnaie. Ein Kuli. Ein kleiner Block. Das war die ganze Ausbeute. Mit Nagelfeile auf Mörderjagd. Lächerlich. Sie warf alles wieder in die Tasche.

Dennoch. Hier konnte sie nicht bleiben. Sie schloss das Klo auf. Im Vorraum war niemand. Sie lugte durch das kleine Bullauge. Draußen war es stockdunkel. Der Regen klatschte an das kleine Fenster. Plötzlich rannte der Mann, Andreas' Mörder, ihr Mörder, direkt am Fenster vorbei. Sie zuckte zurück. Wäre beinahe gefallen. Also suchte er sie wirklich. Also wartete er nicht vor der Tür. Denk nach, denk nach!

Sie verließ die Damentoilette, spähte um sich. Da

saß der Matrose von neulich. Offenbar betrunken. Er schnarchte. Um seinen Hals hing eine Schlüsselkette mit einem Schlüssel. Für einen Spind? Zu groß. Ein Schlüssel. Aufsperren. Einsperren. Sich selbst einsperren. Sich verstecken. Ihre Gedanken jagten. Denk nach! Denk nach! Mit zitternden Fingern löste sie den kleinen Karabinerhaken, mit dem der Schlüssel an der Kette befestigt war. Ein Schlüssel. Wofür?

Plötzlich fiel ihr Blick auf das Schott, das geschlossen wurde, nachdem der Steg eingefahren worden war. Von dem Matrosen? Passte der Schlüssel? Sie rannte hin, wollte es ausprobieren, der Schlüssel fiel ihr aus der Hand, sie hob ihn auf, bekam ihn kaum ins Schloss. Er passte. Sie drehte. Das Schloss öffnete sich. Als doppelte Sicherung war ein dicker Balken vorgelegt. Mit aller Kraft hob sie ihn hoch. Tatsächlich, das Schott ließ sich beiseite schieben. Regen klatschte ihr ins Gesicht. Sie schob das Schott wieder zu. Dann hörte sie die Schritte.

Der Widerling kam die Treppe heruntergerannt. Sie blieb vor dem Schott stehen. »Habe ich dich«, schnaufte er und zog seine Pistole. Sie tastete nach dem Haarspray in ihrer Tasche. Er kam näher. Sie wich zurück. Der Deckel vom Haarspray löste sich. Er hob die Waffe. Sie riss das Haarspray heraus und sprühte, sprühte direkt in sein Gesicht. Der Mann schrie, hielt sich die Hände vor die Augen. Sie schob das Schott beiseite und umrundete den Mann, der wimmernd eine Hand von seinem Gesicht löste und mit seiner Pistole wild um sich ballerte. Die Schüsse gingen im Motorengeräusch der Fähre unter. Die Pistole hatte einen Schalldämpfer. Mit aller Kraft rannte sie von hinten in ihn hinein und stieß ihn zur offen stehenden Tür. Fast wäre sie mit ihm in die Nordsee gefallen. In letzter Sekunde konnte sie sich am Schott festhalten. Der Mann klatschte aufs Wasser. Einen Moment wallte noch sein Mantel in den Wellen auf. Dann war er verschwunden. Verschlungen vom eiskalten Meer.

Weg, weg hier. Hatte jemand die Schüsse gehört? Sie warf den Schlüssel ins Wasser, schob das Schott zu und rannte zur Damentoilette. Sie kauerte sich auf denselben Sitz, auf dem sie schon zuvor gesessen hatte, Füße dicht am Hintern, und weinte und schluchzte leise vor sich hin. Die Fähre tuckerte weiter. Ab und zu hörte sie Stimmen im Vorraum, schließlich das Tuten des Schiffes. Zusammenreißen jetzt! Als niemand im Vorraum zu hören war, verließ sie das Klo. Im Spiegel sah sie das weiße Gesicht einer Leiche an. Nein! Das einer Mörderin. Sie tastete nach ihrem Lippenstift, konnte ihn aber nicht halten. So kniff sie sich in die Wangen, schlug sich ins Gesicht, bearbeitete mit den Zähnen ihre Lippen, ordnete ihr struppiges Haar und verließ als einer der letzten Fahrgäste das Schiff. Stieg in den Zug. Kauerte sich in ihren Sitz. Sprang auf. Rannte im Zug auf und ab. Kauerte sich in ihren Sitz. Rannte auf und ab. Ständig sah sie den aufgebauschten Mantel in den Wellen verschwinden. Sie hatte einen Menschen umgebracht.

Uwe wartete am Bahnhof auf sie. »Wie siehst du denn aus?«, fragte er, als sie ihm in die Arme fiel.

»Bin krank«, antwortete sie heiser.

»Komm mit.« Er hakte sie unter, passte auf, dass sie nicht stolperte, setzte sie auf den Beifahrersitz und stellte die Sitzheizung an. Zu Hause brachte er sie hinauf in ihre Wohnung, zog ihr die klammen Kleider aus und einen Schlafanzug an, brachte sie ins Bett, machte ihr eine Wärmflasche.

»Soll ich dir Milch mit Honig aus der Küche raufkommen lassen?«, fragte er.

»Nein, bleib bei mir«, bat sie.

»Der Laden ist voll. Die schaffen das nicht ohne mich«, widersprach er.

»Bitte, bitte«, bettelte sie.

»Tut dir was weh? Soll ich den Arzt holen?«

»Nein, nein, bleib nur bei mir! Bitte!«, flehte sie ihn an, und er gab nach.»Ich muss nur schnell unten Bescheid sagen. Bin gleich wieder da.«

Dieses Gleich kam ihr wie eine Ewigkeit vor. Ständig sah sie den Mann. Seinen Mantel. Die Wellen. Mörderin!

Als Uwe sich zu ihr ins Bett legte, schmiegte sie sich an ihn. Er war so warm. So stark. Er roch so vertraut. Sie zitterte, ihre Zähne klapperten, doch er hielt sie fest im Arm, bis sie irgendwann in den Schlaf fiel. Sie wachte auf. Weinte. Zitterte. Schlief wieder ein.

Am nächsten Morgen schien die Sonne. Sie erwachte, dicht an Uwe geschmiegt. Er schlug die Augen auf. »Wie geht es dir?«, fragte er besorgt.

»Wird schon«, antwortete sie.

Uwe duschte, zog sich an und ging nach unten, um das Frühstück der Gäste zu überwachen und mit den Abreisenden das Finanzielle zu erledigen. Sie lag im Bett und dachte nach. Würde die Polizei kommen? Sie verhören? Was würde sie sagen? Sie würde alles abstreiten. Sie hatte kein Verhältnis mit Andreas gehabt. Sie hatten sich eben gut verstanden, aber sonst nichts. Niemand konnte ihr das Gegenteil beweisen. An den kleinen Mann würde sie sich kaum erinnern können. Sie würde nie, niemals ihr Geheimnis preisgeben.

Sie wollte vergessen. Sie würde vergessen. Sie würde weiterleben wie zuvor. Bei Uwe. Ihrem Uwe. Dem einzigen Mann, den sie je geliebt hatte. Sie stand auf. Ihr tat alles weh. Sie duschte heiß, zog sich an und ging nach unten. In der Küche begann sie mit ihrem Tagwerk. Als wäre nichts geschehen …

***

Borkumer Badezeitung vom 10. Februar 2005:
Gestern Abend wurde im Hotel Inselsturm die Leiche eines Mannes gefunden. Ein Zimmermädchen hatte den 48-jährigen Gastronomen aus Stuttgart, der an einem Seminar teilgenommen hatte, erschossen in seinem Hotelzimmer entdeckt. Die Borkumer Polizei begann unverzüglich mit ihren Untersuchungen. Unterstützt wird sie von einem Sondereinsatzkommando der Polizei Oldenburg. Aus ermittlungstaktischen Gründen werden derzeit noch keine weiteren Erkenntnisse bekannt gegeben. Die Leiche des Mannes wird in den nächsten Tagen am Gerichtsmedizinischen Institut in Oldenburg obduziert. Mit Ergebnissen ist aber nicht vor Anfang nächster Woche zu rechnen.

Borkumer Badezeitung vom 11. Februar 2005:
Das Sondereinsatzkommando der Polizei sucht nach einem kleinen Mann mittleren Alters mit dünnem Haar. Er soll einer der letzten Menschen gewesen sein, die den Mann, der vorgestern erschossen im Hotel Inselsturm aufgefunden wurde, gesehen haben. Ein Zimmermädchen hatte bei der Polizei ausgesagt, der Mann

habe sie auf dem Gang umgerannt. Kurz danach habe sie die Leiche gefunden. Über die Identität des Mannes ist nichts bekannt. Die weitere Zeugenvernehmung gestaltet sich schwierig, da die meisten Gäste, die mit dem Opfer bekannt waren, bereits abgereist sind.

Borkumer Badezeitung vom 12. Februar 2005:
Im Mordfall des 48-jährigen Gastronomen aus Stuttgart gibt es weitere Erkenntnisse. So soll der Gastronom Andreas Z. hoch verschuldet gewesen sein. In seinem Gepäck fand die Polizei gefälschte Papiere und ein Flugticket nach Rio de Janeiro.

Borkumer Badezeitung vom 15. Februar 2005:
Auf der Insel Norderney wurde die Leiche eines Mannes angespült. Er ist zwischen 40 und 50 Jahre alt und von kleiner Statur. Bislang wurde er offenbar nicht als vermisst gemeldet. Nach ersten Erkenntnissen der Polizei könnte dies der Mann sein, der im Mordfall des Stuttgarter Gastronomen gesucht wird. Eine DNA-Analyse soll nun Sicherheit bringen.

Borkumer Badezeitung vom 17. Februar 2005:
Immer mehr erhärten sich die Vermutungen, dass der Mann, dessen Leiche vorgestern auf Norderney angespült wurde, den Gast des Hotels Inselsturm auf Borkum ermordet hat. Zwar liegen die Ergebnisse der DNA-Analyse bislang nicht vor, doch der Mann wurde inzwischen als Harald M. identifiziert. Harald M. ist bereits mehrfach vorbestraft und gilt als Auftragskiller.

Doris Zuidema, 1961 geboren, studierte Diplompädagogik in Bamberg. Sie arbeitet als Lokalredakteurin bei einer Tageszeitung in Ostfriesland. Mit ihrem Mann und ihren drei Kindern lebt sie in Leer.

Vivian van Straaten *Kleine Selma*

An manchen Morgen scheint das Unglück weiter weg zu sein als sonst. Da kann ich vergessen und ein Funken Hoffnung begleitet mich ein kleines Stück. Oft dann, wenn der junge Sommer durchs Land zieht und die Sonne es schon in den frühen Morgenstunden über die Berggipfel schafft. An diesen Tagen, wenn uns der Schrecken in der Nacht nicht in die Keller zwingt, um Schutz zu suchen, und die Luft mild und warm ist, verspüre ich die Freude des Lebens und sauge sie tief in mir auf.

Heute ist so ein Tag. Langsamer als sonst gehe ich die lange staubige Straße bis zum Dorf hinunter. Von Autos wird sie kaum noch benutzt, zu viele Schlaglöcher. Mich erinnert die Straße immer an eine verletzte Schlange im Gras, und das macht mich traurig. Ich erreiche die Bushaltestelle. Ein gewohnter Blick über die bekannten Gesichter. Ein Stein fällt mir vom Herzen. Alle sind da, auch die Männer. Gerade wenn die Zeiten schlimmer werden, fehlen sie eines Tages. Sie fehlen, weil sie den Dienst an der Waffe antreten müssen. Es sind Familienväter oder auch Großväter, manchmal auch fast noch Kinder. Die schlimmsten Morgenstunden sind die, nach nächtlichen Unruhen, wenn auch Frauen oder Kinder nicht mehr da sind.

Ich blicke mich um und sehe dann den Gesuchten, wie er pfeifend ums Eck geschlendert kommt. Marco! Mein Herz macht einen Satz. Er trägt seine abgeschnittenen blauen Jeans, dazu ein einfaches weißes T-Shirt, das seine braune Haut zur Geltung bringt. Seine schwarzen Locken fallen ihm wie immer in die Augen. Er nickt allen zu und streift dann kurz mit seinen großen dunklen Augen die meinen.

Wieder beobachte ich ihn heimlich, bis Drago mit seinem alten klapprigen Bus kommt und uns in eine staubige Wolke hüllt, um uns Leute aus dem Dorf in die Stadt zu fahren; zur Arbeit oder um Arbeit zu suchen. Leider ist Drago schon wieder pünktlich. Ich setze mich in den hinteren Teil des Busses. Marco sitzt wie immer vorne bei Drago und tauscht Neuigkeiten mit ihm aus. So wie Marco und ich hat fast jeder im Bus seinen gewohnten Platz, und mir wird wieder einmal bewusst, wie sehr wir auf dieser Fahrt eine feste Gemeinschaft bilden. Jeder hängt irgendwo seinen Gedanken nach, liest oder unterhält sich vielleicht leise mit dem Nachbarn. Aber uns begleitet die Hoffnung und die Freude, dass alle da sind, und wir teilen eine stumme Trauer, wenn einer fehlt. Dann ist es ein nicht ausgesprochenes Ritual, der Platz bleibt frei, bis jemand Neues dazukommt und das Leben einfach weitergeht, als wenn nichts gewesen wäre.

Die Sonne scheint in den Bus und ich fühle wieder etwas Warmes, Vertrautes. Ich versuche mich auf mein Buch zu konzentrieren, aber viel zu oft gleitet mein Blick nach vorne auf den dichten Lockenschopf. Plötzlich reißt mich ein lauter Knall aus meinen Gedanken. Ich erschrecke zutiefst. Kurz verreißt Drago das Lenkrad, bleibt dann aber am Straßenrand stehen.

Sofort sind alle in heller Aufruhr, aber Drago steht schon auf, hebt beschwichtigend die Hände: »Nichts los, Leute, es ist alles in Ordnung. Bis auf den Motor, glaube ich.« Er macht die Tür auf und geht um das Fahrzeug herum. Wir im Bus müssen uns erst einmal von dem Schrecken erholen. Langsam werden wir neugierig, und die Ersten stehen auf, um nachzusehen, was los ist. Eine Weile passiert nichts weiter, wir hören nur laute Klappergeräusche am Motor. Dann kommt Drago wieder rein und setzt sich vorne an das Funkgerät.

Ich kann von hinten nicht verstehen, was gesagt wird. Unser Busfahrer klärt uns auf. Irgendetwas am Motor sei kaputt, er könne es zwar reparieren, es werde aber leider etwas dauern. Wir könnten auch nicht von einem anderen Bus abgeholt werden, die seien alle unterwegs. Wir blicken uns ratlos um. Zwar findet sich noch ein Mechaniker im Bus, der Drago helfen wird, trotzdem brauchen wir wohl ein wenig Geduld. Die Sonne beginnt langsam hoch über die Berge zu wandern und gewinnt zunehmend an Kraft. Hinter der Scheibe im Bus wird es viel zu warm. Kein Fahrtwind, der uns Abkühlung verschafft.

Ich beschließe, mich nach draußen in den Schatten zu setzen. Am Waldrand etwas abseits der Straße finde ich eine Stelle. Hier habe ich meine Ruhe und kann in meinem Buch lesen oder einfach sitzen und dösen. Das ist so selten, und insgeheim freue ich mich über die unerwartete freie Stunde. Ich schließe meine Augen und versuche den Moment einzufangen, als ich eine Stimme direkt neben mir höre. Erschrocken fahre ich zusammen und drehe mich um. Ich kann vor lauter Staunen nichts sagen und schaue einfach dumm auf mein Gegenüber. »Habe ich dich erschreckt?« Marco grinst mich scheu an.

»Äh, nein, ich meine, doch, ein wenig. Ich dachte, du reparierst den Motor mit Drago.« Mist, jetzt habe ich mich auch noch verraten, dass ich mir überlegt habe, wo Marco gerade ist.

»Nein, mehr als zwei Leute braucht man nicht. Darf ich?« Er zeigt auf die Stelle neben mir und ich nicke kurz, als er schon fast neben mir sitzt. Eine Weile sagen wir nichts. Wir schauen den anderen zu, wie sie nach und nach aus dem Bus kommen, um sich ein schattiges Plätzchen zu suchen. Marco steht auf einmal auf, schaut mich von oben an und hält mir seine Hand hin. »Komm mit, ich habe eine Idee.«

Zu irritiert und glücklich, um Protest zu erheben, greife ich nach seiner Hand, damit er mich hochzieht. Er lässt sie auch nicht los, als er mich einen kleinen Waldpfad hinter sich herzieht. Ich habe keine Ahnung, was er vorhat. Aber es ist mir auch völlig egal. Marco hält mich an der Hand. Ich bin alleine mit ihm! Ich wäre bis ans andere Ende der Welt mit ihm gegangen. Schade, dass er seinen Schritt verlangsamt und meine Hand loslässt. Am anderen Ende der Welt sind wir wohl nicht. Er bleibt an einer Lichtung stehen, und als ich mich, leicht außer Atem, neben ihn stelle, ist mir der Platz genauso recht. Vor uns liegt ein kleiner Waldsee, den ich bis dahin noch nie gesehen hatte.

Dichtes Schilf umrandet das Ufer, nur an wenigen Stellen sind kleine Sandstrände. »Ich dachte mir, hier ist es vielleicht schöner als an der Straße zu sitzen.« Marco sagt das und zieht dabei die Schultern leicht hoch, als würde er sich dafür entschuldigen wollen. Ich muss ein wenig lächeln, sage ihm, dass ich es hier sehr schön finde. Überhaupt habe ich einen solchen Fleck Erde in dieser Gegend gar nicht vermutet. »Ich habe ihn auch nur durch Zufall entdeckt. Auf einem meiner Streifzüge durch die Wälder«, erklärt mir Marco.

Ich werde neugierig. Marco kenne ich zwar seit der Schule und natürlich von den täglichen Busfahrten, aber leider kamen wir nie näher ins Gespräch. Ich habe ihn immer nur von so weiter Ferne beobachten dürfen. »Und was machst du, Marco, wenn du nicht gerade durch die Wälder streifst?«

»Meistens helfe ich meinem Vater im Geschäft, oder ich fahre für Sami, den Schrotthändler. Aber eigentlich«, fügt er verlegen hinzu, »würde ich gerne studieren.« Schnell, als ob er etwas Falsches gesagt hätte, wechselt Marco das Thema. »Aber du, kleine Selma, arbeitest doch bei einer Zeitschrift in der Stadt. Schreibst du?«

Kleine Selma, er hat mich kleine Selma genannt, und ich weiß nicht, wie ich das finden soll. »Nein, ich sortiere nur ein wenig Ablage und mache Büro, aber es bringt mir so viel Geld, dass ich meine Familie unterstützen kann.«

»Warum bist du so bescheiden? Du hast doch einen guten Job.« Marco bleibt stehen und schaut mich an. Er hat kleine Sommersprossen auf der Nase und auf der Stirn. Ich kann nichts sagen, schnell hocke ich mich hin und lasse meine Hand durchs Wasser fahren. Es ist erfrischend kühl. Ich setze mich ans Ufer, ziehe meine Sandalen aus und lasse meine Füße ins Wasser gleiten.

»Vorsichtig, Selma«, sagt Marco, »im Wasser wimmelt es nur so von Blutegeln, sie saugen sich sofort ans Bein!« Erschrocken springe ich auf und fange an, beide Beine abzusuchen, als ich Marco hinter mir lachen höre. »Du lügst doch, oder?« Aber Marco schüttelt sich nur vor Lachen. Ich steige wieder ins Wasser und fange an, ihn nass zu spritzen. Schnell hat er seine Sandalen ausgezogen und steht neben mir im Wasser, zehn Minuten später sind wir beide nass und liegen schnaufend und lachend am Ufer.

»Ich fahre nur wegen dir im Bus mit, Selma.« Marco hat sich auf die Seite gelegt und betrachtet einen fernen Punkt am Horizont. »Manchmal habe ich mir gewünscht, ich würde den Mut finden, mich einfach neben dich zu setzten, aber dann ...«

Er spricht nicht zu Ende. Was soll ich sagen? Mir fehlen die Worte. Ich möchte am liebsten laut rufen und schreien, ihm sagen, dass es das Schönste ist, was ich je gehört habe. Nach endlosen Sekunden traue ich mich, Marco anzusehen. Und ich sehe, dass Worte nicht mehr von Bedeutung sind. Ein warmes Ziehen dehnt sich in meinem Magen aus, verteilt sich anschließend im ganzen Körper. Marco streichelt mit seinem Handrücken über meine Wange.

Lächelnd legt er sich auf den Rücken und nimmt meine Hand in seine. Ich lege mich neben ihn. Unsere Hände sind ineinander verschlungen, sie streicheln sich, halten sich fest und lösen sich voneinander, um gleich wieder zueinander zu finden. Ich weiß, es gibt nichts mehr zu sagen, und ich kann endlich meine Augen schließen und die Wärme der Sonne und die Wärme in meinem Körper genießen. Irgendwann hören wir den Bus von weitem starten und wegfahren. Es ist uns egal. Wir tun nichts anderes als nebeneinander zu liegen und uns Geschichten zu erzählen. Vom Frieden, vom Krieg, von zu Hause und von unseren bescheidenen Träumen für die Zukunft.

Ich schlafe fast ein, als ich es am Wasser plätschern höre. Marco ist aufgestanden. Seine Hose und sein T-Shirt liegen auf dem Boden, und er ist schon bis zur Brust im Wasser. Langsam gehe ich zum Ufer. Ich ziehe meinen kurzen Rock aus, stehe dort in Höschen und Bluse, während Marco, nur in Shorts, aus dem Wasser kommt. Er knöpft mir die Bluse auf, ich habe nichts dagegen, empfinde es als normal zwischen uns. Dann gehen wir ins Wasser. Es ist kühler, als ich dachte, und meine Brustwarzen ziehen sich zusammen, ich habe überall eine Gänsehaut. Marco kommt, nimmt mich in den Arm, mein Herz klopft aufgeregt, und als er mich küsst, will ich nichts anderes mehr. Wir gewöhnen uns schnell an die Wassertemperatur und schwimmen einmal quer durch den See und wieder zurück.

Anschließend lassen wir uns in der Sonne trocknen. Aber viel zu schnell werden die Schatten länger und bald wird die Dämmerung beginnen.

»Es wird Zeit«, sagt Marco.

»Wie kommen wir eigentlich nach Hause?«, fällt mir plötzlich ein. Ich recke mich im Gras, seit Stunden denke ich das erste Mal wieder an den Nachhauseweg und daran, was ich morgen meinem Chef sagen soll. Dann schaue ich in die braunen Augen gegenüber und merke, wie egal mir das ist.

Ich fang an zu kichern und küsse ihn erneut und immer wieder. »Drago wird gleich hier vorbeikommen. Er hat mich schon öfter von unterwegs aufgelesen.« Schnell ziehen wir uns an und laufen den Waldweg zurück zur Straße. Ich kann nicht glauben, dass wir erst vor wenigen Stunden den Weg umgekehrt genommen haben. Ich kann nicht glauben, was in der Zwischenzeit passiert ist, aber ich genieße es sehr. An der Straße sehen wir schon den alten Bus angefahren kommen.

Drago hält auf unserer Höhe und macht uns grinsend die Tür auf. Hand in Hand laufen wir nach hinten und setzen uns. Viel zu schnell erreichen wir das Dorf. Ich bin unsicher, wie es weitergehen wird, aber dann spüre ich Marcos Hand in meiner und entspanne mich. Wir steigen als Letzte aus dem Bus. Die Sonne ist schon fast untergegangen, die Dämmerung bricht herein, und ich sollte mich beeilen, da die Straße hoch zu unserem Haus nicht beleuchtet wird. Ich stehe Marco gegenüber und streiche ihm die widerspenstige Locke aus dem Auge. »Sehen wir uns morgen?« Dabei blicke ich ihn an.

»Nein«, sagt Marco, und für einen Moment bleibt mir das Herz stehen. »Morgen helfe ich meinem Vater, aber übermorgen würde ich gerne neben dir im Bus sitzen und dich in die Stadt begleiten, meine kleine Selma.« Glücklich gebe ich ihm einen Kuss auf die Nasenspitze und laufe schnell die Straße hoch, als mir einfällt, dass ich ihn noch fragen wollte, warum er mich immer kleine Selma nennt. Übermorgen, denke ich, und nehme es mir fest vor. Ohne zu ahnen, dass ich dazu nicht die Chance haben werde.

Als ich zwei Tage später zur Bushaltestelle komme, habe ich das Gefühl, alle Blicke ruhen auf mir. Ich warte an der Ecke, horche auf das vertraute Pfeifen, das nicht erklingen mag. Ich steige ein und setzte mich nach hinten auf den gewohnten Platz.

Ich blicke mich um, und mir wird klar, dass alle es sehen. Alle sehen das, was ich sehe, und alle spüren es, dieses Gefühl, das uns als Gemeinschaft zusammenschweißt, das uns überkommt, aber unausgesprochen bleibt. Der Platz neben Drago bleibt leer und klafft wie eine riesige Wunde im Bus. Auch am nächsten und übernächsten Tag bleibt der Platz frei. Nach einer Woche ertrage ich es nicht mehr. Ich steige ein und setzte mich neben Drago auf den freien Platz. Somit habe ich diese Lücke geschlossen.

Im Bus geht der gewohnte Rhythmus weiter, nur in meinem Herzen nicht, das ist aus dem Takt geraten. Aber ich habe gelernt, jeden Tag mit neuem Mut zur Bushaltestelle zu gehen. Ich halte mich an der Hoffnung fest, und manchmal, wenn die Sonne früh über die Berge gewandert ist und durch die schmutzigen, verstaubten Scheiben des Busses dringt, fühle ich in meinem Herzen so etwas wie Freude.

Vivien van Straaten sattelte nach der Ausbildung zur Bauzeichnerin und einem Jahr Fachhochschule um und arbeitet nun seit vier Jahren als Buchhändlerin in Tübingen.

Sooft wie möglich widmet sie sich ihren Geschichten und Romanen.

Christine Knust *Generalprobe*

Es ist unfassbar heiß, seit dem frühen Morgen schon. Die Hitze kriecht durch die Straßen in die Häuser, wabert an den Wänden hoch und wird sich in der Nacht schwer auf die Menschen legen. Ich suche Kühlung und sitze am Rhein. Starre aufs Wasser, sehe den Schiffen hinterher und frage mich zum hundertsten Mal, wo ich heute Abend anfangen soll.

Heute Abend bin ich bei Freunden eingeladen, und man erwartet wie immer, dass ich Stimmung mache, Witze und Anekdötchen erzähle, Schwung in den Laden bringe. Ich gehöre zu den Frauen, die man früher »Salondame« genannt hat. Wenn ich einen Raum betrete, dauert es keine fünf Minuten, und mir fliegen die Herzen der Männer zu; sie merken nicht, dass ich, wenn ich mit ihnen schäkere, auf jedes Kompliment eine Beleidigung folgen lasse, der sie ob meiner Schlagfertigkeit nichts entgegenzusetzen haben. Die Frauen hassen mich, weil ich blond bin und schlank, ohne irgendwelche Tabellen beachten zu müssen, und beruhigen sich erst, wenn sie merken, dass ich an ihren langweiligen Maltes, Bennis und Peters kein Interesse zeige, sondern einen Schwank nach dem anderen erzähle und dabei die Frauen, die so oft still und stumm dabeisitzen, schulterklopfend in die Runde integriere.

Es gibt Geschichten, die ich immer wieder gerne erzähle. Wie meine Eltern im Tunesienurlaub, als ich noch klein war, drei- oder viermal gefragt wurden, ob sie mich verkaufen würden. Wie ich ein paar Jahre später mit einer Blinddarmentzündung ins Krankenhaus kam, den Ärzten aber noch auf dem OP-Tisch Witze erzählte und Lieder vorsang. Wie ich einmal stolperte und der Länge nach hinfiel und mir die Nase aufschlug, weil ich mich wegen der Flasche Dom Perrignon in der einen und der Porzellanschüssel in der anderen Hand nicht abstützen wollte. Wie ich mich in Rom pudelnackt aus einem Hotelzimmer aussperrte (an dieser Stelle horchen die Herren immer auf, und ich kann in pikantere Gefilde tauchen). Danach lasse ich meistens die Anekdote von dem potentiellen Ex-Liebhaber folgen, der den Eames-Chair in meiner Küche mit den Worten »Den hast du bestimmt noch von deinen Eltern« kommentierte, worauf ich ihn leider hinausbitten musste. Wenn der Abend fortgeschritten und die Runde nicht zu groß ist, erwähne ich gerne den Verflossenen, der sich beim ersten Kuss die Hosen voll spritzte und auch im weiteren Verlauf des Techtelmechtels nicht ausdauernder wurde. Spätestens jetzt lachen und brüllen alle vor Vergnügen, und man spricht Einladungen zu Partys und Geburtstagen aus.

Die Geschichten, die bisher immer gezogen haben, sind eben schnell erzählt, sie sind witzig, bunt und ein bisschen verrucht, machen Stimmung, und, was wichtig ist, sie beziehen sich alle auf mich. Aber eine Geschichte habe ich noch nie erzählt – warum, weiß ich gar nicht. Sie ist spannend, sie hat Verve, klingt unglaublich und stellt mich in den Mittelpunkt. Und trotzdem hab ich sie bisher verschwiegen. Vermutlich, weil sie nicht in zwei, drei Sätzen zu erzählen ist. Und ich dafür weit zurückgehen muss.

Meine Großmutter väterlicherseits, Oma Lisa, war zu einem Viertel Polin, und auch wenn ihre Familie schon lange in Mannheim wohnte, hinter Bielsko-Biala, in einem Dorf, das schon fast an die Beskiden stößt, gab es bis vor kurzem noch eine entfernte Verwandte, die nur gebrochen Deutsch sprach und meine Großmutter beharrlich »Tante« nannte, was aber nicht verwunderlich war, denn in Polen nennt man selbst Freunde so. Daniela Wischnewski hieß diese Frau, der meine Großmutter regelmäßig Pakete schickte; der Eiserne Vorhang war ja noch nicht gefallen – und meine Oma sagte immer, über Süßigkeiten und warme Unterwäsche freut man sich in einer Gegend, in der nachts ein eisiger Wind von der Hohen Tatra kommt und die Fensterläden zum Klappern bringt.

Daniela hatte zwei Söhne, die etwas älter waren als ich, Wiodzin und Stanislav, den Kleinen, den sie Stasin nannte. In einem Brief, den sie mit Hilfe einer Übersetzerin schrieb, die nicht besser radebrechte, schickte sie uns Fotos von den beiden.

Ich erinnere mich, wie meine Eltern und ich mit einer Mischung aus Faszination, Mitleid und Ekel die Bilder betrachteten. Die Jungs sahen blutarm, bleich und leicht unterernährt aus und trugen potthässliche, völlig unmodische kackbraune Pullis, lachten aber fröhlich in die Kamera. Mein Vater sagte, das seien richtige Karpatenwölfe und so könne man nur noch in Polen rumlaufen. Meine Mutter lachte und meinte, so sehe man eben aus, wenn man in einem kommunistischen Staat aufwächst. Dann fuhr sie mich zum Tennisclub.

Ich hatte zwar Mitleid mit den Jungs, konnte mir aber überhaupt nicht vorstellen, dass ich mit so komischen Leuten verwandt sein sollte. Jedenfalls legte Oma Lisa Playmobilfiguren, abgelegte Benetton-Pullis meines Cousins und Filzstifte ins Weihnachtspaket. Es dauerte nicht lange, und uns erreichte ein Brief voll überschwänglicher Dankeshymnen: *Für diese Päckchen möchte ich sowie meine Kinder herzlich bedanken. Wie immer war es mit den Päckchen viel, viel Freud. Der Stasin freute sich über den Faserstiften, die sehr schön sind. Auch Wiodzin war mit seinen Sachen sehr gefreut. P.S. Stasin sendet speziell schöne Grüße an die Katharina und dankt bei sie noch einmal für die Faserstiften.*

Ich war damals gerade erst neun und interessierte mich nur für Pferde und Bücher. Um die Polen kümmerten sich die Erwachsenen. Dass meine Mutter beim nächsten Päckchen ein Foto von mir dazulegte, bekam ich nicht mit – dass Daniela im Antwortbrief von meinen goldenen Löckchen und meinen blauen Augen schwärmte, nahm ich weitgehend wertfrei zur Kenntnis. Für mich waren die kleinen Polen das europäische Pendant zu den »armen Negerkindern« in Afrika. Mit denen hatten meine Eltern zwar auch Mitleid und überwiesen schon mal was, aber im Prinzip wollten sie ihre Ruhe haben.

Die Polenjungs und ich hatten ja auch überhaupt nichts gemeinsam. Ich nahm jetzt Reitstunden, sammelte Glitzeraufkleber und flog mit meinen Eltern in den Ferien nach Florida; sie hatten manchmal tagelang keinen Strom und wussten nicht, wer Michael Schanze war, den ich damals saucool fand. Sie lebten auf einem anderen Planeten.

Meine Oma wurde kurz danach zu krank, um weiter Päckchen zu verschicken, und wie es so läuft, starb sie bald darauf. Nun blieb die Päckchenschickerei an meiner Mutter hängen, sie tat es nicht nur aus Altruismus, sondern auch um den Kontakt zum, wie sie es nannte, winzigen polnischen Zweig unserer Familie aufrechtzuerhalten. Diesen Zweig erwähnte sie aber nie von sich aus, wenn sie mit den anderen Müttern im Tennisclub Kaffee trank. Jedenfalls lud uns Daniela in ihrem Kondulenzschreiben ein, doch einmal zu ihr nach Polen zu kommen.

Meine Eltern gingen nicht weiter darauf ein, schließlich erwartete uns dort nicht der gewohnte Komfort, sondern bescheidene sozialistische Wohnverhältnisse, und umgekehrt hätte das ja eine Gegeneinladung zur Folge gehabt. Sie wollten einfach nicht, dass die Polen zu uns kamen und sahen, wie gut es uns ging. Mein Vater knurrte, dass er mit seinem Jaguar ohnehin keinen Meter ins Ausland fahre – zu den Kanaken, die uns das Auto unterm Arsch wegklauen und ein Messer in den Bauch rammen würden. Ich hatte auch keine Lust auf die Polenjungs, die übrigens kein Wort Deutsch sprachen und mich sicher nur genervt hätten. Was hätte ich schon mit denen anfangen sollen? Also lehnten wir dankend ab.

Schon bald danach kam ein Brief, in dem sich Wiodzin ein paar Levi's wünschte. Mama zog scharf die Luft ein, und zum ersten Mal erzählte sie den anderen Tennisdamen von den – wie sie es nannte – Bekannten aus Polen. Die Tennismütter warnten Mama davor, Wiodzins Wunsch zu erfüllen, denn er würde sich damit nicht zufrieden geben. Wenn du 'nem Polen den kleinen Finger gibst, nimmt er die ganze Hand, wie Mamas beste Freundin sagte. Und Herr Gruber, unser Nachbar, erinnerte sich empört, wie sein Schwager einmal flüchtig bekannte Polen übers Wochenende bei sich beherbergt habe. Kurz zuvor habe der Schwager in seiner Garage eine vollholzvertäfelte Bauernstube eingerichtet, und als er montagmorgens in die Garage gekommen sei, sei nicht nur der Besuch, sondern auch die komplette Zimmereinrichtung samt Holzvertäfelung weg gewesen. Die Polacken hätten nachts alles rausgerissen, ohne dass mein Schwager was gemerkt habe, und das sei der Dank für alles, brüllte Herr Gruber über den Zaun.

Meine Eltern beschlossen daraufhin, keine Levi's zu kaufen. Wer weiß, was als Nächstes käme – dass wir ihm den Führerschein bezahlen? Zu Weihnachten schickte Mama wie gewohnt ein Paket, und ein halbes Jahr später kam ich ins Internat, wo ich sieben Jahre bleiben sollte. Mein Vater war oft auf Geschäftsreisen, meine Mutter feilte jetzt, wo sie sich nicht mehr um mich kümmern musste, auch wieder an ihrer Karriere, sodass wir uns nur noch einmal im Jahr aufraffen konnten, den Wischnewskis zu schreiben. Sie merkten das wohl und sprachen uns in ihren Briefen darauf an: *Meine Lieben, in letzter Zeit habe ich an euch keinen Brief geschrieben weil ich eure Antwort wartete. Leider, euer Brief bis heute ist an uns nicht gekommen, jedoch hoffe ich, dass der nächste Brief kommt und uns schon ohne Schwierigkeiten und wir warten auf ihn schon ab heute!*

Meine Mutter antwortete, dass wir alle drei eben sehr beschäftigt und wenig zu Hause seien. Ein paar Jahre vergingen, ich war mittlerweile fünfzehn und fing an, auf Parties zu gehen. Pferde waren längst passé. Mir war wichtig, was meine Freunde von mir dachten und ob ich cool genug war. Umso peinlicher fand ich es, dass Stasin mir im Sommer 1993 einen Brief mit einem Ring darin schickte; ein Ring aus dem Kaugummiautomaten, golden und mit einem roten Plastikstein. Weil er kein Deutsch konnte, hatte er zwei Strichmännlein gezeichnet, die vor einem Haus stehen und Käse essen. Daniela hatte darüber geschrieben: *Stasin lädt dich herzlich ein nach Polen. Er denkt oft an dir und will dir persönlich sehen.*

Meine Mutter bat mich, ihm höflichkeitshalber zurückzuschreiben, ich müsse ja nicht nach Polen fahren. Ich betrachtete das Foto, das Stasin beigelegt hatte, den Flaum über der Oberlippe, das verwaschene Sweatshirt und die Segelohren. Die Jungs, die ich gut fand, sahen völlig anders aus, sie hatten lange Haare und Lederjacken und spielten mit Weltschmerz im Blick Gitarre, weshalb ich mich vehement weigerte, in irgendeiner Form auf den Brief zu reagieren. Mama seufzte, bedankte sich aber in meinem Namen bei ihm. Danach kam lange Zeit nichts, gar nichts mehr von den Wischnewskis, was uns in unserer Geschäftigkeit nicht weiter auffiel und besonders mich nicht weiter berührte.

Am 17. Juli 1995 rief unsere Nachbarin aufgeregt meine Mutter in der Uni an; auf unserer Treppe säßen drei junge Männer, die weder Deutsch noch Englisch oder gar Französisch sprächen und »osteuropäisch« aussähen. Einer hätte ein altes Kinderfoto von mir dabei. Meine Mutter rief erschrocken meinen Onkel an und fuhr nach Hause. Und wirklich, da saßen drei erschöpfte junge Polen, und einer von ihnen war Stanislav. Mit Hilfe eines Dolmetschers erfuhr meine Mutter ihre Geschichte, und die war so unglaublich, dass sie sie nicht gleich wieder nach Polen schickte, obwohl alles in ihr danach schrie.

Stanislav hatte seine Katharina aus Deutschland, die ihm Filzstifte geschickt hatte, nicht vergessen können, und obwohl er nur ein Kinderfoto von mir besaß, war in ihm eine Liebe entbrannt, die so mächtig war, dass er sich auf den langen Weg nach Deutschland machte, um mich zu freien. Aber wer jetzt denkt, dass er mit dem Zug oder dem Bus nach Deidesheim kam und deshalb so erschöpft war, der irrt sich. Stanislav hatte solche Sehnsucht nach mir, dass er von Polen nach Deidesheim gelaufen war, ja, tatsächlich, er ist den weiten Weg zu Fuß gekommen. Seine zwei Freunde hatte er mitgenommen, um ihn zu begleiten, zu beschützen und das schöne Deutschland zu sehen. Sie hatten in verlassenen Ställen und auf Lichtungen geschlafen, am Wegesrand oder an Bachläufen. Einer hielt immer Wache über den Schlaf der anderen, und sie aßen, was sie sich erbettelten. Sie sahen, wie sich die Landschaft veränderte, ließen die karge Bergwelt der Beskiden, wo nachts die Wölfe heulen, hinter sich, überquerten Oder, Elbe, Saale, Main und Rhein, um endlich die sanften Hügel des Pfälzerwaldes und die von einer üppigen Sonne beschienenen Weinberge zu erreichen. Nach vier Wochen waren Stanislav und seine Freunde in der Pfalz angekommen, einer der Freunde hatte vom Laufen einen offenen Fuß und musste ärztlich behandelt werden.

Da saßen sie nun, hungrig, zerlumpt, ohne Geld und ohne Sprachkenntnisse, aber voll gespannter Erwartung, wie wunderbar es denn nun weitergehen würde, jetzt, wo sie im Gelobten Land waren. Mein Vater war damals gerade auf Geschäftsreise und erfuhr telefonisch von dem Überraschungsbesuch; er geriet außer sich über die Dreistigkeit der jungen Männer, unangekündigt aufzutauchen, und weigerte sich, sie zu sehen.

Ich war im Internat, das Schuljahr war noch nicht zu Ende, und nachdem ich nun wusste, wie Stanislav aussah, hatte ich überhaupt keinen Bock auf ihn. Seine überschäumenden Gefühle ängstigten mich eher. Meine Freunde rieten mir ohnehin davon ab, sie meinten, wenn er mich erst mal gesehen habe, würde ich ihn nie wieder loswerden. In diesem Punkt gab ich ihnen gerne Recht; das schmeichelte meiner Eitelkeit, die schon damals oft genug durch die Blicke männlicher Wesen genährt wurde. Ich redete meinem leise schwärenden schlechten Gewissen zu, das geschehe zu seinem eigenen Schutz. Meine Mutter wollte die drei Männer nicht bei uns im Haus beherbergen, ihr war es unheimlich, mit drei letztlich wildfremden Männern allein unter einem Dach zu schlafen.

Mein Onkel, der ein großes Weingut hat, nahm sie bei sich auf, sie konnten ein paar Tage lang im Gesindehaus schlafen und sich in der Kellerei ein wenig nützlich machen. Meine Tante kochte für sie und kaufte ihnen einen polnisch-deutschen Langenscheidt, den die drei nie richtig zu benutzen verstanden. Immer wieder verlangte Stanislav mich zu sehen, immer wieder vertröstete man ihn und lenkte ihn mit Besuchen in Freizeitparks oder im Freibad ab. Das Langsam-Sprechen und Dann-doch-wieder-nicht-Verstehen war sehr nervenaufreibend. Zudem drückten sich die Jungen immer wieder vor der Arbeit. Nach zehn Tagen riss meinem Onkel der Geduldsfaden; er kaufte Proviant und brachte die drei Polen nach Bad Dürkheim, von wo aus täglich ein Bus ohne Zwischenstopp nach Krakau fuhr. Mein Onkel steckte jedem von ihnen noch einen Geldschein zu und wünschte ihnen alles Gute.

Später erzählte er, wie Stanislavs Freunde winkten, als der Busfahrer den Motor startete, Stanislav aber winkte nicht. Winkte nicht und schrieb auch nicht mehr zurück, nie mehr. Mein Vater und ich, wir waren erleichtert, dass sie weg waren, als zu unverschämt hatten wir den unverhofften Besuch empfunden. Stanislavs Welt war nicht meine Welt, er hatte nichts zu bieten und nichts zu verlieren, als er mir hinterherlief. So sah ich das damals.

Aber seitdem sind fast zehn Jahre vergangen, mir ist manches Mal das Herz gebrochen worden, und es gibt Nächte, in denen ein kleiner goldener Ring aus billigem Plastik durch meine Träume geistert. Ich sehe ihn dann vor mir, wie er im Bus sitzt, das schmale, blasse Gesicht an die Scheibe gedrückt, voller Gram darüber, dass sich sein Wunsch, mich kennen zu lernen, nicht erfüllt hat und er keinen Wert für mich besaß.

In solchen Momenten spüre ich, wie mich der Atem der Geschichte anweht, und ich frage mich, ob es nicht die Liebe meines Lebens war, die ich da einfach mit Füßen getreten habe, die ich einfach so gehen ließ, ohne sie überhaupt anzuerkennen, ohne ihr eine Chance zu geben. Ich erinnere mich voll Trauer und Scham an Stanislav, denn möglicherweise war dieser Marsch das Größte und Gewaltigste, das je ein Mann für mich getan hat, und ich war zu hochmütig, ihn überhaupt anzusehen. Jetzt mal ernsthaft – soll ich diese Geschichte vielleicht heute Abend zum Besten geben?

Christine Knust promoviert derzeit in Germanistik. Zudem ist die junge Mannheimerin freie Mitarbeiterin bei einigen Tageszeitungen. 1993 war sie beim deutschen Jugendwettbewerb »Make a video« im Bereich Drehbuch Landessiegerin in Rheinland-Pfalz.

Sonja Hünerkoch *Der Himmel lässt bitten*

Was mache ich hier nur? Es ist zehn Uhr morgens an einem warmen Frühlingstag und ich sitze im Auto vor dem Maritim-Hotel. Die Rastaperücke auf meinem Kopf juckt wie verrückt und die Sonnenbrille rutscht mir ständig von der Nase. Ich sitze auf Lauerposten und will inkognito bleiben. Sicher ist sicher. Wann kommt nur endlich die Polizei mit dem Leichenwagen? Nervös knabbere ich an meinen Fingernägeln.

Es ist nämlich so: Vor drei Tagen war ich im Himmel aufgewacht. Mein Schädel dröhnte und es war strahlend hell um mich herum. Kenn ich, werden Sie jetzt in Gedanken an den Morgen nach der letzten Party denken, aber diesmal war es anders. Ein funkelnder transparenter Engel mit Rauschelocken und Flügeln setzte sich zu mir auf die Wolke und ließ die Beine baumeln. Mein Mann, der Mistkerl, hätte mich erschlagen, und weil ich Zeit meines Lebens immer so ein unglückliches Händchen bei der Männerwahl gehabt hätte, hätten die Himmelsromantiker entschieden, dass ich noch einmal für drei Tage zurück auf die Erde dürfte, um mir einen Mann zu suchen, mit dem ich im Paradies leben wollte. Ich müsste ihn dafür töten, den Rest würden sie organisieren.

Meine Sprachlosigkeit können Sie sich vorstellen. Sachen gibt's. Aber natürlich warf ich meine moralischen Bedenken über Bord und nahm das Angebot an. Mein ganzes mittelkurzes Leben lang hatte ich mich an die Regeln gehalten und lieb und nett anderen das Leben versüßt, jetzt wollte ich mal spontan was Verrücktes für mich tun. Her mit den Zuckerschnauzen.

Ich wurde von der Wolke geschubst und landete kopfüber im Riensberger See. Empört über diese grobe Behandlung stieg ich aus dem Wasser und strich mir die Entengrütze aus dem Gesicht. Ich orientierte mich und überlegte. Zögernd schlich ich durchs Unterholz zum anliegenden Friedhof. Da, tatsächlich. Mir wurden die Knie weich und ich plumpste ins taunasse Gras. Vor mir sah ich mein Grab. Es gab einen Grabstein und ganz viele Kränze und Blumen. Gerührt gedachte ich meiner Familie und Freunde. Gottlob waren sie alle im Osterurlaub, sodass ich keine Angst haben musste, dass mir jemand begegnet.

Ich hielt einen Augenblick inne und fühlte, wie mich eine große Welle der Verzweiflung überkam und ich mich längs hinschmeißen und heulen wollte. Doch dann dachte ich, wenn das stimmen sollte, was die Engel erzählt haben, habe ich drei aufregende Tage auf Erden und ein unglaubliches Leben im Paradies vor mir. Ich hatte keine Zeit zu verlieren.

Etwas kam sirrend von oben durch die Luft auf mich zugeflogen. Peng – ein prall gefülltes Portemonnaie knallte mir auf den Kopf. Ich habe es schon gehasst, wenn ich mir den Kopf an einer Schranktür gestoßen habe, am besten mit der spitzen Kante direkt an der dünneren Stelle mitten am Hinterkopf. Aber ein erdanziehungskraftbeschleunigtes Portemonnaie übertraf alle meine irdischen Erfahrungen.

Ich zählte bis zehn vorwärts, rückwärts und Quersummen bildend und beruhigte mich schließlich angesichts der opulenten Möglichkeiten, die sich mir durch diesen Reichtum boten. Als Racheakt quartierte ich mich im berühmten Parkhotel am Hollersee ein, dessen wunderschöne Wasserfontäne im Sommer zahlreiche Enten erfrischt. Vielleicht konnte ich im Hotel sogar Nahkontakt zu Prominenten aufnehmen, wie die Oma, die den ehemaligen Werder-Fußballspieler Ailton erschöpft nach einem Spiel auf dem Flur sitzen sah und ihrer Enkelin gegenüber entrüstet äußerte: »Nej-oh-nej, das Parkhotel ist auch nicht mehr das, was es mal war. Jetzt sitzen hier schon die Neehscher aufm Flur!«

Ohne weitere Vorkommnisse erreichte ich das Hotel und checkte in der Präsidentensuite ein – *Money makes the world go round.* Nachdem ich ausgiebigst das Bett mit den vielen Kissen besprungen und mich im Bad frisch gemacht hatte, ließ ich mir verschiedene Gerichte unter silbernen Hauben hochkommen und schlemmte, was mein Herz begehrte.

Voll gegessen und erschöpft begab ich mich auf einen Milchkaffee in das auf der gegenüberliegenden Straßenseite liegende Café Upn Swutsch neben dem Hotel Maritim, wo ich mich tatsächlich in einen dunkelhaarigen Mann verliebte. Ich weiß, das klingt unwahrscheinlich schnell und kitschig, aber manchmal passiert eben unwahrscheinlich Schnelles und Kitschiges.

Ich hatte mal einen Fall im Leben, wo ich in einer Beziehung lebte und mich selbstsicher und gefestigt mit dem DJ meiner Lieblingsdisco traf. Äußerlich nicht mein Typ – er war recht kräftig und hatte einen Ziegenbart –, aber ich dachte, Kontakte zur Szene könnten ja nicht schaden. Wir saßen uns gegenüber, ich guckte ihn an und – zack – hatte es mich erwischt und ich dachte: Oh oh, jetzt hast du ein Problem. Es war nur ein Moment, und wäre in diesem der Kellner gekommen oder ich hätte geniest, hätte ich ihn versäumt, diesen Moment, so aber nahm das Schicksal seinen Lauf.

Mit diesem neuen Mann war es ähnlich. Er gefiel mir mit seinen dunklen kräftigen Haaren und seinem unrasierten Gesicht, zudem fand ich die Mischung aus lässiger Kleidung und selbstbewusster Körperhaltung unglaublich anziehend. Er raschelte im Weser-Kurier herum und trank einen Latte Macchiato. Mein Glück, dass er auf den alten Hamse-mal-Feuer-Trick hereinfiel und meinen Rest Entengrütze im Haar charmant fand. So bot er mir an, mich an seinen Tisch zu setzen, wo ich Plappermaul ihn geschickt in eine Konversation verwickelte, in der er mich immer wieder zum Kichern brachte mit seinem trockenen Humor und bildhaften Umschreibungen aus dem Tierreich.

Glücklicherweise gefiel ich ihm anscheinend auch, denn er lud mich für den übernächsten Abend zum Essen ein. Er sei geschäftlich in Bremen und würde sich über einen schönen Ausklang am Ende seiner Zeit hier freuen. Ich nahm seine Abreiseabsichten mit Fassung, denn ich hatte ja vor, ihn mit ins Paradies zu nehmen.

Unsere Wege trennten sich. Da ich nicht viel Zeit zu verlieren hatte, führte mich mein nächster Weg zum Hauptbahnhof, wo ich einen Strauß roter Rosen erstand. Mit diesem unter den Arm geklemmt ging ich zur nächsten Apotheke in Findorff und kaufte ein Gift zur Maulwurfsbekämpfung. Unglaublich, dass Menschen diese Tiere umbringen, blind und wehrlos, wie sie sind. Ich sah mein Spiegelbild in der Schaufensterscheibe des benachbarten Bäckers und runzelte die Stirn. Ich sollte im Glashaus nicht mit Steinen werfen.

Wieder im Hotelzimmer angekommen, bestrich ich die Dornen der Rosen mit dem Gift, wickelte den Strauß wieder vorsichtig ein und bestellte einen Kurierdienst, der den Strauß hinüber ins Maritim auf das Zimmer meines Schmusis in spe bringen sollte. Mit ein bisschen schlechtem Gewissen und viel Vorfreude und Spannung verbrachte ich den Rest des Tages mit einem Bummel im Bürgerpark und ausgiebigem Verwöhnprogramm im Wellness-Bereich des Hotels.

Am nächsten Morgen wachte ich ganz entspannt auf und wollte gerade zum Telefon greifen, um von der Maritim-Rezeption vom Ableben meines Süßen zu erfahren, als mein Handy piepte und mir eine Mail von dem Doofmann heute früh übermittelte, dass er sich auf morgen Abend freue. Na super.

Genervt von meinem Misserfolg kaute ich lustlos auf meinen Cornflakes herum. Ich musste mir erst einmal einen freien Kopf verschaffen. Also spazierte ich durch den Bürgerpark zum Stadtwald, in dem die strengen Menschenregeln eines Parkes nicht gelten, sondern die Natur sich frei und wild entfalten darf. Jetzt im Frühling sprossen und trieben die Zweige, Äste und Gräser, dass es eine Freude war. Die Bienen summten und die Schmetterlinge schaukelten durch die warme Luft, dass mir das Herz schwer wurde.

Gedankenversunken schlich ich über die Pfade. Tot

sein. Keiner kann davon erzählen, deswegen will ich nicht damit anfangen. Das muss schon jeder selbst rausfinden, wie es sich anfühlt. Ich kann nur sagen, dass es schwierig ist, sich geistig an die neue Situation zu gewöhnen, da der Tod von einer Sekunde auf die nächste kommt. Aber eigentlich muss ich ja gar nicht trauern, denn ich habe mich ja noch. Um meinem Mann ist es nicht schade, dem werde ich noch mal im Traum begegnen, ha! Gut, meine Familie und meine Freunde … aber wie mein Vater immer sagte, das Leben ist Veränderung, wir können es nur vorwärts leben. Und der Tod gehört dazu. Es ist so, wie es ist, ich habe mich in diese Tatsache zu fügen und mache das Beste draus, nämlich die Chance auf ein Schmankerl nicht zu vertun. Es hätte ja auch schlimmer kommen können, ich hätte im Fegefeuer landen können oder zwischen den Welten auf ewig als Geist herumspuken und solche Sachen.

Also straffte ich meine Schultern, setzte mich bei der Waldbühne draußen auf einen der roten Biergartenstühle und bestellte eine Altbierbowle. Ich nippte vor mich hin.

Was war mit dem Blumenstrauß schief gegangen? Unterschied sich die DNA eines Mannes tatsächlich so sehr von der eines Maulwurfes? Vielleicht hatte das Zimmermädchen die Blumen ins Wasser gestellt und er hatte gar keinen Kontakt zu den Dornen gehabt? Nicht dass da jetzt eine Leiche von einem unschuldigen Mädchen herumliegt oder gar diese dann meine Begleitung fürs Paradies wird? Ich schlug mir die Hand vor den Mund. Was für ein Missverständnis! Ich sollte zukünftig besser aufpassen.

Ich piekte eine Erdbeere auf meinen Stocher, als mir

eine neue Idee kam. Ich musste es noch mal anders versuchen. Au, was ist denn …? Ich schlug mir an den rechten Fußknöchel und sah einen Skorpion in die Büsche wieseln. Ich rieb mir die Augen. Normal war das nicht. Egal, er konnte mir ja nichts mehr anhaben.

Es war kurz nach Mittag, da dürfte der Herr meiner Träume noch ein Weilchen unterwegs sein. Ich trabte zurück zum Hotel, schnappte mir das Gift und ging über die Hollerallee zum Maritim hinüber. Selbstbewusst schritt ich durch die Lobby zum Fahrstuhl und stieg im 1. Stock aus. Ich zückte mein Handy und rief die Rezeption an. Mit einem Trick entlockte ich dem Mann dort die Zimmernummer und, klassisch wie im Film, war gerade das Zimmermädchen ein paar Zimmer weiter beim Saubermachen. Ich wartete auf einen passenden Moment, in dem ich mir den Schlüssel vom Handtuchstapel auslieh, und schon stand ich im Zimmer.

Da, der legendäre Obstkorb des Maritims. Ich zog das Gift auf eine Spritze und bemühte mich, jede Frucht mit dem Gift zu versehen. Ich kam mir vor wie eine um die Hinterhältigkeit der Schlange wissende Eva, aber ich wollte meinen Adam, also verflüchtigte ich mich wieder aus dem Zimmer und aus dem Hotel wie die Unschuld vom Lande.

Das war Tag zwei und ich war sehr zuversichtlich. Ein anderes Gift wäre unmöglich zu besorgen gewesen; ich hätte in ein Krankenhaus einbrechen müssen oder Schlimmeres. Es muss an den Rosen gelegen haben, das Maulwurfsgift wird diesmal seine Wirkung tun.

Ich ging in die Gondel in Schwachhausen, um mir in einer Sondervorstellung »Serial Mom« mit Kathleen Turner anzugucken. Die wusste, wie's geht. Beeindruckt spazierte ich in der Dämmerung zurück ins Hotel und ging zeitig schlafen.

Diesmal wollte ich sicher sein und den Abtransport der Leiche persönlich überwachen. Ich stand also am nächsten und letzten Erdentag früh auf, trank auf die Schnelle einen starken Ostfriesentee und ging zur Autovermietung am Hauptbahnhof, um mir einen Wagen zu leihen. Mit der geborgten unauffälligen Hausfrauenschüssel fuhr ich anschließend ins Viertel und kaufte mir eine fiese Rastaperücke und eine große Sonnenbrille. Mit den Sachen sah ich aus wie Puck Marley, die kubanische Stubenfliege. Ich fuhr zurück zum Maritim und parkte etwas abseits, wo ich das Geschehen auf der Auffahrt beobachten konnte.

Tja, so war das. Jetzt wissen Sie, warum ich hier im warmen Auto schwitze.

Aber hier passiert nichts! Kein Lallü Lalla kommt vom Stern, dem Kreisel, wo sich Hollerallee, Parkallee und Parkstraße treffen, angebraust. Ich werde nervös. Heute ist der dritte Tag. Und ich werde nicht alleine diesen Planeten verlassen. Ein vorbeigehender Rentner mit einem netten Lächeln im verknitterten Gesicht guckt mich durch die Fensterscheibe an. Sein Hund schnüffelt prüfend an dem Hinterreifen des Autos. Ich überlege, besser zu zweit als alleine … Nein, alles hat seine Grenzen. Ich will meinen Süßen haben. Ich drücke auf die Hupe und der Hund springt zur Seite, alle viere in der Luft.

Zugegeben, viel Zeit haben Zucker und ich nicht miteinander verbracht. Und vielleicht ist er ja auch ein übellauniger Typ, der mir das ganze Paradies versaut, indem er dauernd rummault. Oder schlimmer noch: fernsieht. Gibt's da oben Fernsehen? Wofür auf der Welt sein, wenn man sich den ganzen Tag nur berieseln lässt? Nichts gegen einen Spielfilm, eine Serie oder eine Informationssendung, aber sich wahllos beschallen zu lassen ist mir ein Graus. Die Seelen könnte Gevatter Tod ohne Zögern einstreichen, die Welt wäre nicht ärmer.

Ich glaube, die Definition Paradies sieht für jeden anders aus. Was macht man wohl den ganzen Tag da oben? Weintraubenkerne-Weitspucken und sich gegenseitig den Nacken kraulen? Ich glaube, ich würde ein Jahr Hölle ganz gut finden, dann weiß man den Himmel mehr zu schätzen. Na, vielleicht einmal im Jahr Hölle, das muss reichen.

Heutzutage hat ja auch jeder Freizeitstress; kaum sitzt man zu Hause, überfällt viele die nackte Panik: Oh Gott, was soll ich jetzt bloß tun? Schnell sich verabreden, die Wohnung putzen, zum Sport fahren, einkaufen … bloß kein Müßiggang. Ich habe das ja schon zu Lebzeiten erkannt und muss zugeben, dass es nicht immer leicht war, sich mit gutem Gewissen der Muße zu ergeben, aber das ist wichtig. Es gibt immer Sachen, die man machen kann, und andere Menschen, die besser, schneller, weiter sind als man selbst. Entscheidend ist das Lebensgefühl jedes Einzelnen. Darauf sollte man achten.

Wobei mir im Moment das Lebensgefühl von Schmusi recht egal ist, er soll tot sein. Würde er dann nicht zu mir geschwebt kommen? Ich kenn mich mit diesen esoterischen Sachen nicht so gut aus. Brauch ich jetzt auch nicht mehr, ich erleb es ja hautnah, live und in Farbe.

Da, ich werd verrückt. Da hüpft er in Joggingsachen

die Eingangstreppen hinunter und trabt die Hollerallee Richtung Findorffer Torfkanal zum Park. Ich krieg zu viel. Ganz ruhig.

Ich starte den Wagen, wende mit quietschenden Reifen … und stehe erst mal an einer roten Ampel. Ich trommele mit den Fingern aufs Lenkrad und verrenke mir den Hals, um ihn noch zu sehen. Rot, Gelb … das Gummi auf der Straße ist von meinen Reifen. Ich biege links ab und ziehe den zweiten Gang hoch. Der Motor röhrt. Schmusi läuft rechts in den Torfkanal rein. Meine Ampel ist schon wieder rot. Ich gucke, ob wer guckt, und – egal – jetzt oder nie, ich biege rechts ab und halte wie eine Wahnsinnige auf ihn zu. Er hat Kopfhörer auf und hört wohl Musik, zumindest dreht er sich nicht um.

Es ist mir jetzt völlig egal, ob das die rabiate Tour ist, die ich da vorhabe, mir bleibt nicht mehr viel Zeit. Und während ich mir überlege, ob ich ihn zermatscht oder im Ganzen mit in den Himmel nehme, glibbert mir was am rechten Bein hoch. Ich schreie, ich kreische, ich trete gleichzeitig auf Gas und Bremse, es ist in meiner Hose, ich schüttele mich, ich fasse nach unten und ziehe an einem schuppigen Schwanz und reiße an ihm – da kommt eine verdutzte Schlange zum Vorschein. Ja sakra, sind wir denn hier in der Wüste?

In hohem Bogen rast mein Auto in den Torfkanal. Das Fußvolk staunt und schreit, ich tauche unter und steige prustend am Ende des Kanals mit verklebter Rastaperücke aus den Fluten. Die Kanupaddler, die die Romantikfahrt mit Picknick und Wein machen, knutschen Gott sei Dank und kriegen überhaupt nichts mit.

Oh, bin ich wütend! Bin ich sauer jetzt! Mir kommt der Dampf schon aus den Ohren! Schmusi trabt derweil ganz locker und ungestört in den Park hinein. Ich reiße mir meine schwarzen Filzlocken vom Kopf und stürze hinter ihm her. Atemlos erreiche ich ihn auf der Wiese beim Tiergarten und reiße ihn an der Schulter herum.

Er macht ganz große Augen, starrt und erkennt mich. »Du, was machst du denn hier? Hallo!« Er umarmt mich, stutzt. »Du triefst ja. Was ist passiert?« Dabei lächelt er mich fragend an. Mein Herz macht einen Hüpfer. Ich remple ihn an und zerre ihn zu Boden. Ich versuche, ihm den Hals zuzudrücken, ich will ihn so sehr, er muss mitkommen. Ächz, er ist so stark, er wehrt sich. Ungeahnte Kräfte steigen in mir hoch, mit aller Macht quetsche ich ihn zu Boden und drücke und würge … Plötzlich peitscht ein ohrenbetäubender Knall durch die Luft und mir wird auf einmal ganz blümerant.

Ich schaue auf, Schmusi liegt da, mit einem entschuldigenden Lächeln auf den Lippen und einer schmauchenden Pistole in der Hand. »Sorry, Süße, ich konnte nicht anders, du musst einfach mit mir ins Paradies kommen!«

Häh? Er steht auf, klopft sich das Gras vom Pullover und nimmt mich bei der Hand. »Ich bin nämlich tot und konnte mir jemanden auf der Erde …« Ahhhh … Nachtigall, ick hör dir trapsen! Ich stoppe seine Erklärung mit einem Kuss auf seine Lippen. »Spar dir deine Luft, es gibt noch viel zu tun«, wispere ich atemlos und grinse in mich hinein. Bingo, das war doch mal ein Doppeltreffer! Keiner musste sterben, alle waren schon tot, und trotzdem hat jeder das, was er wollte. Wenn das mal immer so gehen würde.

Wir umarmen uns und werden leicht und leichter und schweben gen Himmel, dem Applaus der glitzernden Engel entgegen.

Sonja Hünerkoch arbeitet als Immobilienfachwirtin, nebenher hat sie einige Semester Literatur- und Kulturwissenschaften studiert. Die 1973 geborene Bremerin besucht regelmäßig Schreibseminare und nimmt mit ihren Kurzgeschichten an Literaturwettbewerben teil.